W0413197

Luzias Augen

Transfer LXIII

Drago Jančar

Luzias Augen

Erzählungen

Aus dem Slowenischen von
Daniela Kocmut und Klaus Detlef Olof

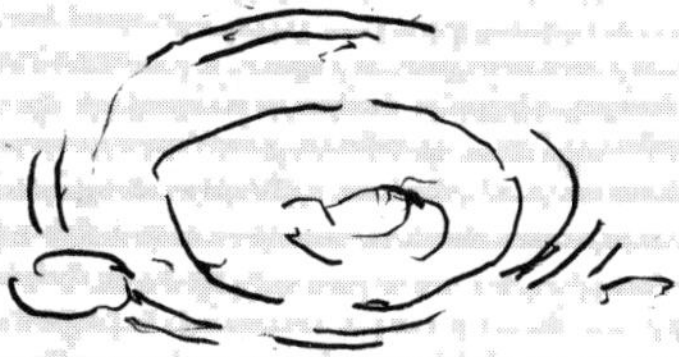

Folio Verlag

Titel der Originalausgabe: *Človek, ki je pogledal v tolmun,* Mladinska knjiga, Ljubljana 2004
© der Originalausgabe: Drago Jančar

Mit freundlicher Unterstützung durch die Trubar Foundation (Trubarjev sklad pri Društvu slovenskih pisateljev).

Die Handzeichnungen auf dem Umschlag und der Haupttitelseite stammen von Paul Thuile.
Titelfoto: Arnold Mario Dall'O, Videostill REM, Installation Parkgarage *artdrivein*, Thermen Meran.

Lektorat: Eva-Maria Widmair

© der deutschsprachigen Ausgabe
FOLIO Verlag Wien • Bozen 2005
Alle Rechte vorbehalten

Graphische Gestaltung: Dall'O & Freunde
Druckvorbereitung: Graphic Line, Bozen
Druck: Dipdruck, Bruneck

ISBN 3-85256-312-7

www.folioverlag.com

[INHALT]

[LUZIAS AUGEN]

Das Radio meldete, auf dem Autobahnring um Ljubljana fahre ein Personenkraftwagen gelber Farbe in die falsche Richtung, alle Fahrer seien zu äußerster Vorsicht aufgefordert, Polizeistreifen versuchten das Fahrzeug aufzuhalten.

Die Frau, die auf der Wiese am Fluß lag, streckte die Hand zum Radio aus und drehte am Knopf, damit es auch der Mann, der neben ihr lag, hören konnte.

– Hast du gehört? fragte sie.

– Ja, sagte der Mann aus seinem Nachmittagsschlaf heraus, wieder so ein Verrückter, sagte er.

Aus dem Apparat hämmerte Musik, seine Hand mit dem Goldkettchen um das Handgelenk griff rasch nach der Schachtel, er drehte am Knopf, machte die Musik zuerst leiser und dann ganz aus, er schloß die Augen, atmete gleichmäßig, schlief. Auch sie schloß die Augen, hier am Wasser war es wieder still, draußen, dort im weiten Bogen, bewegte sich an dem heißen Nachmittag ein großer Ring aus Fahrzeugen, ihre inneren Augen sahen den Strom, der die Stadt umkreiste, jemand ruderte dagegen, jemand hatte die falsche Abfahrt genommen, fuhr gegen den glühenden Strom aus Fahrzeugen, der um die Stadt floß und lärmte. Hier floß nur der Fluß, langsam bewegte sich seine träge grüne Strömung, das glühende Auge am Himmel rückte in die Abendhälfte des Tages vor, der grüne Widerschein des Ufers löste sich in seinem Licht auf. Sie lagen im Gras, an einem sanften Hang zum Wasser hin, sie lagen in einem bequemen Nest mitten im hohen Gras, oben an der weißen Straße stand sein Wagen, ein großes schwarzes Tier, hockend, kauernd, es duckte sich in seiner ganzen Pracht in den Straßenstaub. Sie berührten sich nicht, er lag auf dem Rücken, atmete gleichmäßig, der junge Mann mit dem goldenen Armkettchen schlief im Sommergras mit nacktem Oberkörper, mit großen nackten Fußsohlen, die Hände unter dem Kopf, er atmete gleichmäßig durch den offenen Mund; sie lag auf der Seite, von ihm abgekehrt, als läge neben ihr der Körper eines Unbekannten, den sie kannte, mit dem sie lebte, der ihr trotzdem unbekannt war, so wie ihr das Leben der Frau, an die sie gerade dachte, unbekannt und unverständlich war. Ein leerer Raum lag zwischen ihnen, zwischen ihr und diesem Menschen, der hier schlief, zwischen ihr und der Frau, an die sie dachte. Ihre Augen waren wieder geöffnet, ihr leerer Blick starrte durch das Gras, zwischen den leichten Bewegungen der Halme sah sie irgendwohin, zur Stadt, vielleicht schweifte sie mit den Gedanken durch die halbleeren sommerlichen Straßen. Der dünne Stoff ihres Blümchenkleides war weit über die Oberschenkel hinaufgerutscht, magnetisch zog das Dreieck des weißen Höschens den Blick eines Vorübergehenden an, eines einsamen Spaziergängers. Die junge Frau bewegte sich wie ein Tier, das die Anwesenheit eines anderen spürte, eines anderen Tieres, eines männlichen Tieres, das am Fluß umherirrte. Sie hob den Kopf, sah seine kleinen spähenden Pupillen, verschämt und gleichzeitig wütend zog sie das Kleid zurecht, zog den Blumenstoff bis zu den Knien hinunter, sah auf die Uhr, stützte sich auf einen Ellbogen und heftete den Blick wieder auf die Leere der Straßen, ihre inneren Augen sahen etwas.

Sie sahen eine Wohnung, eine leere Wohnung, in der sie heute vormittag auf und ab, hin und her gegangen war, von der Tür, hinter der sie den Lärm des Fahrstuhls im Treppenhaus gehört hatte, zum Fenster, wo sie den Vorhang weggezogen und auf die Straße hinuntergesehen hatte. Noch jetzt, am Fluß, spürte sie die ängstliche Beklommenheit in der Brust, die ihr vor ein paar Stunden über dem Magen aufgestiegen war, noch jetzt fühlte sie sie, die Beklommenheit, die viel schlimmer war als das Unbehagen, das sich ihrer gerade in dem Augenblick bemächtigt hatte, als sie vor dem Spaziergänger mit rascher Bewegung die entblößten Beine bedeckte, das war die Beklommenheit vor etwas, das unwiderruflich und für immer näher kam. Sie sah sich, nur sich, sie spürte ihren Körper, mit dem Angstkloß über dem Magen stand sie in der leeren Wohnung am Fenster und sah auf die Straße hinunter, und ihr Herz fing bei jedem Auto, das unten stehenblieb, zu hämmern an. Hier war es still, aus dem Lokal auf der gegenüberliegenden Seite wehte eine leiernde Melodie herüber, ein Kellner im weißen Hemd stand in der Tür, er gähnte breit, es gab nur wenige Gäste. Am einzigen besetzten Tisch auf dem Gehsteig zerstückelte ein Familienvater mit scharfem Messer eine große Pizza, ein Stückchen für das Mädchen, ein Stück für die Mama, den Rest würde er selber essen. Ein Radfahrer kam die Straße entlanggekurvt, Schweißtropfen glitzerten auf seiner Stirn, die geschwollenen Augäpfel glotzten auf den kurvigen Weg vor ihm. Für einen Augenblick sah es so aus, als würde er auf den Gehsteig zwischen die Tische fahren, aber er fing sich mit einer akrobatischen Wende und verschwand hinter der Ecke. Die Frau in der leeren Wohnung lehnte die Stirn an die kalte Fensterscheibe, wie ein kleines Mädchen, das allein zu Hause geblieben war, sie hauchte auf die glatte Glasoberfläche, so daß die Straße auf einmal vernebelt war, verdammter Irrer, sagte sie leise, verdammter Irrer.

Sie hatte den verdammten Irren an einem nassen Winterabend getroffen, das war schon fast drei Jahre her. Eine Kommilitonin, mit der sie damals Mitschriften ausgetauscht und wie wild für die letzten Prüfungen gebüffelt hatte, hatte sie zu der Ausstellung eines Bekannten mitgenommen, eines Malers, eines *echten Künstlers.* Eines echten Künstlers, das hieß, eines Menschen, der nicht nur wie ein Künstler aussah – davon kannte sie eine Reihe –, der nicht nur wie ein Künstler lebte, das hieß, daß er tagsüber schlief und nachts schuf, sondern eines Künstlers, der das auch in Wirklichkeit war. So einen hatte sie noch nicht kennengelernt. Auch auf einer Vernissage war sie noch nie gewesen. Sie hatte sich vorgestellt, wie sie in einen hellen Saal kommen würde, wo an den Wänden große Bilder strahlten und die Besucher nach allerlei Reden mit Champagner anstießen. Deshalb war die Ausstellung für sie eine kleine Enttäuschung gewesen. Die Eröffnungsrede hatten die beiden Kommilitoninnen versäumt, als sie ankamen, lungerten in der Aula und in den schlecht beleuchteten Gängen der Lebensmittelfachhochschule nur noch ein paar Lehrer und Bekannte des Malers herum. Die Bilder jedoch waren keine Enttäuschung gewesen. Sie war mit diesen Dingen nicht allzu vertraut, aber die Bilder hatten sie bezaubert. An den Wänden leuchteten riesige Leinwände. Es waren große leuchtende Flächen in starken gelben und roten Tönen, es war, als würde sie das Innere Istriens schauen, die rote Erde, die Sonne darüber, die heiße Landschaft, durch die sie so oft mit den Eltern in die Ferien gefahren war. Und auch der Künstler war keine Enttäuschung gewesen. Er stand mit der Schulter an die Wand gelehnt, als ob ihn das alles nichts anginge, beobachtete ungeniert die wenigen Besucher, die vor seinen Leinwänden stehenblieben, zündete sich lässig eine Zigarette nach der anderen an, obwohl in dieser Schule das Rauchen mit Sicherheit verboten war. Sie war von den Bildern bezaubert gewesen, und bereits auf den ersten Blick hatte sie ihr Schöpfer bezaubert. Er hieß Milan Rak, sein Name stand unter den

Bildtiteln, er hatte schwarzes Haar, das ihm in die Stirn fiel, er hatte rote Lippen, als wäre die Farbe von seinen Bildern auf sie übergegangen, und er hatte einen dunklen Blick. Als er sie mit diesem Blick streifte, durchfuhr es sie.

Sie ging noch einige Zeit lang zwischen den Bildern umher, obwohl sie keines mehr sah, nur das rote und gelbe Leuchten und eine Art Spannung waren im Raum verblieben. Als sie in der Nähe der Tür war, sah sie, daß er ihr nachsah, sie ging rasch auf den Gang und in die Winternacht hinaus. Vor dem Eingang der Lebensmittelfachhochschule blieb sie stehen, um sich nach dem plötzlichen Schlag dieses dunklen Blicks und der leuchtenden Bilder dahinter, die dieser dunkle Blick geschaffen hatte, zu sammeln. Für einen Moment sah sie im Schein eines Flämmchens, das eine Zigarette anzündete, ein schönes Frauenantlitz. Die Frau, die im Auto saß, weinte. Sie ging an dem Auto vorbei in die nasse Winternacht und wußte danach überhaupt nicht, wo sie gegangen war, bevor sie sich im Bett wiederfand. Vom nassen Schnee, der auf den Straßen Ljubljanas lag, hatte sie durchnäßte Schuhe, ihre Wangen glühten, noch nie war ihr Ähnliches widerfahren. Die ganze Nacht schlief sie schlecht, der Blick aus der Aula der Ernährungswissenschaftlichen Fachhochschule hatte in ihr ein Feuer entzündet, die Flammen jener Bilder loderten, die roten und gelben Farben leuchteten über der glühenden istrischen Landschaft, die im flammenerfüllten Halbschlaf an ihr vorbeizog.

Schon zwei Tage später – die Flammen hatten aufgehört zu wüten, glühten aber noch immer – erblickte sie ihn plötzlich wieder. Spätnachmittags saß er am Fenster des Lokals, in dem sie in diesem Winter arbeitete. Er war nicht allein, neben ihm saß eine schöne Frau seines Alters, in zu leichten Schuhen für diese Zeit im Winter, sie trug dunklen Lippenstift, hatte schwarzgeränderte Augen und helle Strähnen im Haar, all das hatte sie mit einem einzigen Blick bemerkt. Als die Frau sich mit zitternden Fingern eine Zigarette anzündete, dachte sie, daß sie diese Bewegung irgendwo schon einmal gesehen hatte: Das war sie, die, die im Auto gesessen und geweint hatte. Und als sie mit dem Tablett an den beiden vorbeiging, hörte sie, daß sie sich stritten. Sie fing einen Satz auf, sein lautes, gereiztes *Dann geh doch, wer hindert dich,* und als sie ungewollt diesen Satz auffing, begann ihr Herz wieder stärker zu schlagen, fast so wie bei der Ausstellung. Soll sie gehen, dachte sie bei sich, *wer hindert sie.* Doch die Frau blieb noch eine Weile, obwohl sie in diesem Raum niemand daran hinderte zu gehen. Jedesmal wenn sie zur Theke kam, konnte sie sehen, daß der Künstler und die Frau, die vorhatte zu gehen, wieder ein Stück weiter auseinander waren, die Kluft zwischen ihnen wurde immer größer, nicht durch Streit, sondern durch Schweigen. Sie schwiegen, er rauchte gelangweilt und blickte im Raum umher, wie damals bei der Ausstellung, ihre Finger spielten nervös mit den Autoschlüsseln, als würde sie die Perlen an einem Rosenkranz zählen. Und als sie nach einer Zeit eine neue Bestellung aufnehmen wollte, war der Platz am Tisch leer, war die schöne Frau mit ihren für einen solchen Winterabend zu leichten Schuhen gegangen, niemand hatte sie daran gehindert. Der Maler schien nicht verzweifelt zu sein, er zog irgendwelche Papiere aus der Tasche und kritzelte darauf herum. Als im Café die Lichter ausgingen, bedeutete er ihr, sie solle an seinen Tisch kommen. Sie sagte, das sei nicht ihr Revier, er sagte, das sei sein Revier, er hätte sie bei der Ausstellung gesehen. Sein dunkler Blick kroch in sie und entzündete etwas wieder, das schon fast erloschen war. Wie ihr seine Bilder gefallen hätten?

– Sehr, sagte sie.

– Das ist zu wenig, sagte er.

Sie sagte, sie würden sie an Istrien erinnern.

– Das ist schon besser, meinte er.

Er gab ihr eine Zeichnung, eine mit unruhigen Strichen skizzierte weibliche Figur, die vor dem leeren Quadrat eines Bildes an der Wand plaziert war, mit einem Tablett voller Flaschen und Gläser in den Händen.

– Das bist du, sagte er. Du stehst vor meinem Bild. Du bewunderst es.

Er reichte ihr ein zweites bekritzeltes Blatt, darauf war eine weibliche Figur zu sehen, wieder vor einem Quadrat, diesmal ohne Tablett.

– Das bist auch du. Das Tablett ist dir zu Boden gefallen, die Gläser sind zerbrochen.

Am unteren Rand der Zeichnung waren Kritzeleien zu sehen. Es war nicht schwer sich vorzustellen, was passiert war.

– Vor lauter Begeisterung, sagte er, hast du das Tablett fallen lassen.

Sie mußte lachen. Sie sah seine roten Lippen, die sich ebenfalls zu einem Lachen verzogen, sie dachte, daß er letzte Nacht vielleicht die Frau geküßt hatte, die gerade gegangen war, trotzdem war es gut, daß sie gegangen war. In jener Nacht schlief Luzia das erste Mal bei ihm.

Sie hieß nicht Luzia, er hatte ihr diesen Namen gegeben. In der ersten Nacht, als sie bei ihm geblieben war – wenn man eine solche Nacht überhaupt so nennen konnte –, hatte er ihr den neuen Namen gegeben. Von jetzt an bist du Luzia, hatte er gesagt, vergiß, was du vorher warst. Und als sie am schwärzlichen Wintermorgen schließlich zwischen den zerknitterten Laken einschliefen, umgeben von seinen Bildern, die an alle Wände der kleinen Wohnung gelehnt waren, und als sie dann mitten am dunklen Wintervormittag erwachte, hatte sie das deutliche Gefühl, daß sie jetzt tatsächlich jemand anders war, jemand, der blind durch die Welt gegangen und auf einmal sehend geworden war.

– Du bist Luzia, hatte er zu ihr gesagt, als sie berauscht dalagen, weil du siehst. Du siehst, was andere nicht sehen. Noch niemand hat meine Bilder so gesehen, kein Kritiker, kein Professor.

Sie hatten sie erschüttert, wie konnte es sein, daß gerade sie, eine Studentin der Lebensmitteltechnik, ein Mädchen aus einem kleinen Ort, in dessen weitem Umkreis es keine Galerie gab, plötzlich über eine so komplizierte Sache reden konnte, wie es die Malerei war? Milan Rak hatte bis dahin noch niemand gesagt, daß seine Bilder wie eine istrische Sommerlandschaft, wie die rote Erde und die glühende Kugel am Himmel strahlten. Man hatte von exhibitionistischer Ästhetik gesprochen, die starke Farbfragmente freisetze und sie kühn aus dem komplexen Kontext löse, auch er selbst hatte so über seine Bilder gesprochen. Etwas so Einfaches und Starkes, wie es diese Frau in seinen Bildern gesehen hatte, war ihm noch nie in den Sinn gekommen. Sie war die erste Bewunderin seiner Malerei, die sagte, daß ihr seine Bilder nach dem Besuch der Ausstellung die ganze Nacht vor den Augen geleuchtet hätten. Und wenn sie auch die einzige war, glaubte Milan Rak ihr, denn er glaubte an sein kühnes Talent, er wußte, daß er etwas entdeckt hatte, was vor ihm noch niemand gesehen hatte. Aber bis zu dieser Nacht hatte er geglaubt, daß das, was er schuf, nur ein „Freisetzen von Fragmenten aus einem komplexen Kontext“ war, jetzt verstand er, daß es in seinen Kunstwerken eine versteckte Verbindung zwischen ihm und der Natur gab, zwischen den Farben der Natur und seinem Talent, zwischen ihm und dem kosmischen Geheimnis der Kunst. Von ihren Worten war er so begeistert gewesen, daß er ihr den Namen Luzia gegeben hatte. Und obwohl er wußte, daß er vor allem von sich selbst, von der Kraft seiner Kunst, die solche Worte auslöste, begeistert war, schlug er ihr am Morgen, als sie Kaffee tranken, vor, sie solle zu ihm ziehen. Was sie gesagt hatte, wolle er noch viele Male hören, jeden Tag. Auch Luzia war begeistert, natürlich, denn in dieser Nacht war sie zu einer anderen Person geworden. Ihre Begeisterung wurde nur ein wenig getrübt, als er ihr auf einem Teller zwei gebratene Eier brachte.

– Das sind zwei Augen, sagte er, die Augen der heiligen Luzia.

Sie verstand nicht.

– So wird sie gemalt, erklärte er, die Heilige, mit zwei Augen auf einem Teller.

– Auf einem Teller?

– Auf einem Tablett. Ich denke, sagte er, jemand hat ihr die Augen ausgestochen. Weil sie zuviel gesehen haben.

– Na danke, sagte Luzia, die Studentin der Ernährungswissenschaften war und wußte, daß Eier auf einem Teller nur Eier auf einem Teller waren. Auf keinen Fall konnte und wollte sie darin die ausgestochenen Augen der heiligen Luzia sehen. Trotzdem war sie begeistert. Von ihm, von sich und ihrem neuen Namen, von der Welt der Kunst, in die sie unerwartet eingetreten war, sie sagte, sie werde noch am selben Tag das Zimmer kündigen, Ende des Monats könne sie zu ihm ziehen.

– Sofort, sagte er, du ziehst noch heute zu mir.

Und das tat sie auch.

Später fragte sie sich oft, wie sie sich damals das Zusammenleben mit einem Künstler eigentlich vorgestellt hatte. Sie hatte sich überhaupt nichts vorgestellt. Sie war nur einem Glanz gefolgt, der mitten in jenen kurzen und dunklen Wintertagen und langen Winternächten von irgendwoher gekommen war, von irgendwelchen Bildern, aus einer Wohnung in einem großen Hochhaus, sie war diesen glühenden Farben gefolgt, die sie in der ersten Nacht, in der sie gesehen hatte, nicht hatten schlafen lassen. Sie war dem dunklen Blick eines Mannes gefolgt, der ein Lokal in der Altstadt von Ljubljana betreten hatte, wo sie damals neben dem Studium arbeitete, sie hatte auf seine roten Lippen gesehen, bevor sie sie geküßt hatten, aus allem, was auf einmal um sie herum war, loderten hohe Flammen, nichts hatte sie sich vorgestellt, sie war ins Feuer gegangen und hatte darin gebrannt. Es wäre besser gewesen, sagte sie sich später oft, wenn sie sich etwas vorgestellt hätte, vielleicht hätte sie ein wenig gewartet, vielleicht wäre sie nicht noch am selben Tag zu ihm gezogen, gleich als er es ihr befohlen hatte. Ihr Maler war es gewohnt zu befehlen: Vielleicht hatte er jener Frau so befohlen, *geh doch, wer hindert dich,* hatte er zu ihr gesagt, bevor sie gegangen war. Aber Luzia verstand, daß er von einem höheren Befehl geleitet wurde, dieser Befehl war die Kunst, und dieser Kunst ordnete er sich unter, er schlief keine Nacht, bevor er abends zu arbeiten anfing, lief er unruhig durch die Straßen, manchmal kehrte er in ein Lokal ein, manchmal arbeitete er nicht, weil er nicht arbeiten konnte, weil der göttliche Funke, der die starken Farben entfachte, in ihm aufgeflammt war. Wenn er sich diesem Befehl unterordnete, konnte sie sich auch seinem unterordnen. Schon nach ungefähr einem Monat schlug er vor, na ja, es klang eher wie ein Befehl, obwohl es ein Vorschlag war, sie solle auch die Vormittagsschicht im Café übernehmen.

– Und wann soll ich studieren? fragte sie vorsichtig.

Bis dahin hatte sie an den Vormittagen, während er noch schlief, zu Hause, manchmal in der Bibliothek gesessen und nur mit Mühe die Seiten der Bücher umgeblättert, die sie nicht im geringsten mehr interessierten. Aber sie zeigte eine gewisse Beharrlichkeit, sie wollte ihre letzten Prüfungen und das Diplom hinter sich bringen. Auch um so schnell wie möglich eine Arbeit zu finden und ihm helfen zu können, da es mit den Ausstellungen, Kritiken, Preisen und Stipendien überhaupt nicht klappen wollte. Obwohl es das hätte müssen, jeden Augenblick, denn es war völlig klar, daß er das viel mehr verdient hätte als die Durchschnittlichen und ihre, wie er sagte, akademischen Konstrukte, die sie sich manchmal auf Ausstellungen gemeinsam ansahen. Allerdings niemals auf Vernissagen, die haßte er, immer einen oder zwei Tage später, wenn sie von Bild zu Bild gingen und Milan Rak angesichts der Schmierereien, der Misere, die von der Kritik in den Himmel gehoben wurde, mit den Zähnen knirschte. Einmal stand er lange vor einem Bild mit diagonal über eine weiße Fläche gezogenen violetten Streifen, dann drehte er sich plötzlich um und flüchtete aus der Galerie. Spät in der Nacht, zu einer Zeit, wo er für gewöhnlich arbeitete, kam er vollkommen betrunken nach Hause, legte sich wortlos ins Bett und schlief ein.

– Du wirst studieren, wenn ich das Eis gebrochen habe, sagte er.

Sie wußte, daß das in aller Kürze geschehen mußte, es konnte nicht sein, daß die Kunstwelt sein Genie nicht bemerkte. Also übernahm sie auch noch die Vormittagsschicht, für kurze Zeit. Es fiel ihr nicht allzu schwer, denn noch immer war das Feuer nicht erloschen. Noch immer loderten die Flammen; den ganzen Tag, wenn sie die Tabletts trug und mit dem Kleingeld klimperte, dachte sie an den Zeitpunkt, wenn sie nach Hause kommen würde. Der Lokalbesitzer war zufrieden, denn Luzia arbeitete nicht nur fleißig, sondern lächelte auch, den ganzen Tag, natürlich, wußte sie doch, daß sie sich am Abend mit ihm würde unterhalten können, daß sie sagen würde: Was malt mein Künstler heute?, sie sich vielleicht in der Nacht lieben würden, sie wieder einschlafen würde, während er mitten in der Nacht aufstehen und im anderen Zimmer an die Staffelei treten würde. Manchmal kam er am späten Nachmittag in ihr Lokal, saß am Fenster, las etwas oder machte Skizzen. Diese Besuche mochte sie nicht. Nicht nur weil er immer wieder den Blick vom Buch oder Notizbuch hob und ihre Unterhaltungen mit den Gästen verfolgte, sondern auch weil ihr Künstler am Nachmittag in einem besonders schlechten Zustand war. Er sagte, die Nachmittagsstunden seien der Krisenpunkt seiner Existenz. Luzia schien das zwar eine schöne Formulierung zu sein, sie hätte aber ohnedies gewußt, daß in diesen Stunden alles falsch lief, in diesen Stunden konnte er ihr etwas richtig Grobes an den Kopf werfen, genaugenommen hatte er zu so einer Stunde die schöne Frau fortgeschickt, seine ehemalige Freundin, *geh doch,* hatte er gesagt, *wer hindert dich.*

Obwohl Luzia morgens aufstand, wenn er noch schlief, obwohl sie mit geschwollenen Beinen nach Hause kam, war es für sie nicht schwer, denn nachts loderten die Flammen noch immer, in denen sie in der ersten Nacht zu brennen begonnen hatte, und Luzia kam es nicht einmal in den Sinn, zurückzukehren in das frühere leere Leben vor jenem Winterabend in der Aula der Lebensmittelfachhochschule. Dort, weit hinten, war eine andere Person, hier war Luzia.

Eines Nachts, in einer Sommernacht, als sie schweißnaß auf dem Bett lagen, sagte er zu ihr, sie erinnere ihn an ein istrisches Rind. Es verschlug ihr den Atem.

– So ertrage ich dich nicht, sagte er.

– Wie?

– So, so kühisch.

Es gebe keine Unruhe mehr, sie steckten in dieser Wohnung fest, nichts geschehe. Deswegen komme auch seine Malerei nicht voran.

– Kannst du mich nicht wenigstens einmal betrügen? fragte er.

Luzia schwieg. Sie war eine attraktive Frau, nicht so schön wie die, die gegangen war, aber attraktiv, sie irrte sich nicht, wenn sie auf ihrem Körper die Blicke spürte, die sie begleiteten, wenn sie in ihrem Lokal zwischen den Tischen umherging, so mancher hätte sie gern in ein Gespräch verwickelt. Doch sie war jenseits von allem, das Leben war zwar nicht gerade leicht, aber echt, erfüllt, künstlerisch, an einen anderen konnte sie nicht einmal denken. Deshalb war sie schockiert, als er das sagte, sie dachte, daß er verzweifelt sein mußte, weil die Dinge für ihn nicht so liefen.

– Nein, sagte sie bestimmt, ich könnte dich nie betrügen.

Doch schon einige Tage, das heißt Nächte später wiederholte er es.

– Es gab einmal einen norwegischen Maler, sagte er, der hieß Munch.

Sie wußte, wer Munch war, jetzt wußte sie schon so manches, die Küsse der Männer- und Frauengestalten, die auf seinen Bildern in eine einzige Silhouette ineinanderflossen, hatten sie bezaubert, nicht so wie Raks glühende Flächen, anders.

– Der hat mit der Frau seines Freundes geschlafen, sagte er. Alle haben mit ihr geschlafen. Und sie hat es dann diesem Künstler, er hieß Przybyszewski, erzählt. Das war in Berlin unter richtigen Künstlern, die wie Künstler lebten, nicht bei den hiesigen Dilettanten, die wie Dilettanten leben.

Luzia verstand nicht so recht, was dieser Mensch, ihr Künstler, ihr einziger Mann, plötzlich wollte.

– Ich will, daß du mit einem anderen gehst, sagte er, mit wem auch immer. Und es mir dann erzählst. Alles.

Er sagte, er werde es ihr auch erzählen, falls ihm so etwas passieren sollte. Er wolle eine offene Beziehung, er könne dieses alltägliche, wiedergekäute Leben nicht mehr ertragen.

– Das mache ich nicht, sagte sie. Lieber lasse ich mir die Augen ausstechen.

– Doch, sagte er. Genau das wirst du tun. Und du wirst mir alles erzählen.

Die restliche Nacht konnte Luzia nicht schlafen. Sie verstand nicht, was zwischen ihnen vor sich ging. Dann, gegen Morgen, dachte sie, daß aus ihm die Verzweiflung sprach. Die Verzweiflung eines großen Künstlers, den niemand verstand. Außer ihr.

– Du bist verzweifelt, sagte sie ein paar Tage später zu ihm, das ist alles. Es wird schon werden, sagte sie.

Es wurde nicht. Nach fast drei Jahren war er mit seinen Bildern noch immer in den Gängen irgendeiner Lebensmittelfachhochschule. Die ganze Zeit, jeden Tag aufs neue waren beide überzeugt, daß die Tür zum Erfolg im nächsten Moment aufgehen müsse. Sie ging nicht auf. Die Leinwände mit den glühenden Farben häuften sich, so daß sie sich in der Wohnung kaum noch bewegen konnten, es häuften sich die abschlägigen Antworten der Galerien, es häuften sich die Erfolge der anderen Maler – Ausstellungen, Preise, Kritiken, Stipendien –, es gab niemanden, den seine Bilder so bezaubert hätten, wie sie Luzia auf den ersten Blick bezaubert hatten, niemand sagte, die Farben würden ihn an das Glühen Istriens erinnern, wie sie es gesagt hatte. Wenngleich sie es dilettantisch und dumm gesagt hatte, wie er einmal in ihrem Lokal in der Altstadt von Ljubljana gemeint hatte. Als er aus dem Bett gekommen war und versucht hatte zu arbeiten und dann an ihrem Lokal vorbeigeirrt war und ihr gleich dort am Tresen sagte, daß nur ein istrisches Rind, eine istrische Kuh, die ein Büschel dürres Gras auf roter Erde vor Augen habe, ein Bild so sehen könne. Außer ihr könne nur noch ein wiederkäuendes istrisches Rind Kunst auf diese Art sehen und verstehen. Ihre Augen hatten sich mit Tränen gefüllt. Sie bewunderte ihn, wie gern hätte sie es anders und besser gesagt. Sie bewunderte seine Bilder, und das Gefühl, das sie damals durchströmt hatte, als sie sie an jenem Winterabend zum ersten Mal sah, hatte sie die ganze Zeit über nicht verlassen. Weder vorher noch nachher hatten die Bilder oder auch nur die Farben ein Gefühl in ihr so stark angesprochen, Landschaften, die sie so oft vom Rücksitz eines rasch fahrenden Autos aus gesehen hatte ... das Ungestüm der Kindheitserinnerung und des tiefen Erlebens von etwas ... etwas Unbekanntem ... ja, Schönem ... Nur deshalb war sie damals nicht gegangen, an jenem Nachmittag, als sie hätte gehen müssen. Ihre Augen hatten sich mit Tränen gefüllt, dann werde ich gehen, hatte sie gesagt. *Geh doch,* hatte er gesagt, *wer hindert dich?* Sie ging nicht, noch am selben Abend saß sie neben ihm und sah zu, wie er arbeitete. Verzeih, sagte sie leise, ich weiß es nicht besser zu sagen.

– Dann schweig doch, sagte er, und geh schlafen.

Als sie hinter dem Haufen Bilder ins Bett an der Wand kroch, hörte sie, wie er die Tür öffnete.

– Ich ertrage es nicht, sagte er fast als Rechtfertigung, ich ertrage es nicht, wenn mir jemand über die Schulter sieht, wenn ich arbeite. Ich ertrage überhaupt niemanden in meiner Nähe.

Das verstand sie. Und sie schwieg. Manche Nacht deckte sie ihn betrunken zu, stellte ihm die Flaschen mit Mineralwasser und das Frühstück, besser gesagt die Nachmittagsjause, ans Bett, damit er am Abend konzentriert sein und sich in der folgenden Nacht mit neuer Kraft in seine schrecklichen Farben stürzen konnte, die sich um sie beide türmten. Und sie ertrug den schrecklichen Lärm von seinen Platten, bei dem er manchmal arbeitete, das Dröhnen der schrecklichen Rhythmusmusik ohne jede Melodie. Heimlich kaufte sie sich Ohrenstöpsel, damit sie schlafen konnte, wenn sie schon schlafen mußte. Doch es half nichts, die Musik war zu laut, oft vernahm sie geradezu mit Erleichterung das Hämmern der Nachbarn gegen die Rohre der Zentralheizung in dem Hochhaus. Es häuften sich auch die Anzeigen bei der Polizei und die Briefe vom Ordnungsamt wegen nächtlicher Ruhestörung.

Die Worte vom istrischen Rind hörte sie noch öfter, so oft, daß sie sich manchmal sah, wie sie, ein großes Tier, an einem

Schlammteich dalag und gedankenlos in die Landschaft um sich blickte, kauerte, von der Sonne gewärmt, wiederkäute, während in der Ferne große leuchtende Flächen glühten, seine Bilder in den roten und gelben Farben.

Es war schon das dritte Jahr ihres gemeinsamen Lebens, als sie eines Nachmittags ihre Kollegin bat, für etwa eine Stunde auch ihr Revier zu übernehmen. Sie wollte ein paar Sachen für ihre gemeinsamen Nächte einkaufen. Als sie ihn erblickte, dachte sie zuerst, sie hätte sich geirrt, es war Nachmittag, er hätte um diese Tageszeit noch schlafen müssen. Aber er war es wirklich, sie wollte zu ihm laufen und ihn überraschen, als ihr Schritt innehielt und ihre Füße im heißen Asphalt versanken. Ein stechender Schmerz durchfuhr ihre Brust.

Als sie ihn lachend aus einer Buchhandlung mit jener Frau kommen sah, die schon längst hätte gegangen sein sollen, aber nicht gegangen war, ihr Gang in den leichten Schuhen war unbeschwert, mit den hellen Strähnen im Haar, sie waren noch heller als an jenem Winternachmittag, mit jener, die für immer hätte fortgegangen sein sollen, die aber jetzt hier war, neben ihm, lachend, gerade hatte er ihr etwas Komisches erzählt ... Als sie ihn vor der Buchhandlung erblickte, durchfuhr ein scharfer Schmerz ihre Brust, dann setzte sich eine schwarze Masse in ihren Eingeweiden fest, sie dachte, sie müsse sich vor lauter Schwere, die auf einmal in ihr war, übergeben.

Um elf Uhr abends, als sie von der Arbeit kam, fragte sie ihn, was das zu bedeuten habe.

Er sagte, Ljubljana sei nicht New York, und selbst dort könnten sich Menschen zufällig treffen.

Sie sagte, es sei auch nicht Berlin und er sei nicht Munch.

Das steckte er überraschenderweise gut weg.

– Ihr habt gelacht, sagte sie.

– Na und? Und wenn schon.

– Sie kann bestimmt besser über deine Bilder reden, sagte sie, besser als das istrische Rind.

Er sagte, sie solle schweigen, er habe ihr das schon vor langer Zeit gesagt. Sie solle ihm lieber ein Glas Wein bringen.

Sie brachte ihm das Glas Wein. Aber sie schwieg nicht.

Sie fragte, ob es jetzt das sei ... was er ihr vorgeschlagen habe. Wenn es das sei, solle er es ihr sagen.

– Das tue ich, sagte er, wenn auch du etwas zu erzählen hast.

Luzia hätte nichts zu erzählen gehabt, nie, wenn es nicht auf einmal diese Frau gegeben hätte, von der sie lange Zeit gedacht hatte, es gäbe sie nicht mehr. Und trotz dieser Frau – sie wußte zwar ihren Namen, konnte ihn aber nicht aussprechen, nie – hätte sie nichts zu erzählen gehabt, wenn er ihr eines Abends nicht befohlen hätte, mit diesem Menschen mitzugehen. Es war ein warmer Abend im Spätsommer, es war Samstagabend, Luzia hatte frei. Den ganzen Nachmittag waren sie in der Wohnung gewesen, Milan Rak hatte an diesem Nachmittag nicht geschlafen, er hatte Bilder hin- und hergeschleppt und sie vor einem Mann aufgestellt, der in ihrem wackeligen Lehnstuhl saß. Luzia bediente sie mit Getränken, bei ihren Gesprächen fühlte sie sich ein wenig überflüssig, fast wie eine Kellnerin, trotzdem war es schön, endlich interessierte sich jemand für Milan Raks Malerei. Und zwar nicht irgendwer, seine Bilder wollte sich der Große Kustos der Großen Galerie ansehen, so hatte es sich zumindest angehört, als ihr Künstler den Besuch ankündigte. Der Mann im Lehnstuhl ließ manchmal ein kurzes Lachen hören, einfach so, als wollte er damit etwas sagen, sein Lachen war nicht angenehm, es war nicht klar, was er damit sagen wollte, es waren kurze, abgehackte Krächzlaute.

– Sagen wir mal, sagte er, sagen wir mal, daß ...

Und lachte wieder. Und sie fühlte, daß er sie betrachtete, daß seine kleinen Pupillen sie während des Lachens aufmerksam beobachteten.

An diesem späten Sommerabend saßen sie in einem Gastgarten, die Weinflaschen waren leer, sie hatten sich nichts mehr zu sagen. Luzia erinnerte sich auch nicht mehr, worüber sie damals gesprochen haben, sie erinnerte sich, daß sie auf einmal geschwiegen haben. Sie erinnerte sich an den schwarzen, leicht angegrauten Bart, der das Gesicht des Mannes spärlich bedeckte, an die kleinen, vom Wein leicht glasigen Augen, die sie manchmal streiften. Sie erinnerte sich daran, daß der Mann kurz vom Tisch weggegangen war, und sie erinnerte sich daran, daß Milan Rak, der verdammte Irre, gesagt hatte.

– Hast du bemerkt, wie er dich ansieht?

– Wie?

– Als ob du mein Bild wärst, sagte er freundlich, mein Kunstwerk ... Verstehst du? sagte er nach ein paar langen Augenblicken durch seine roten Lippen.

Luzia verstand. Das ist es jetzt, was er will. Damit er nicht länger mit dem istrischen Rind zusammenleben muß.

– Das erträgst du nicht, sagte sie und dachte an die Frau, mit der er an jenem Nachmittag aus der Bücherei herausgelacht gekommen war, auch Luzia hatte es nicht ertragen können.

Er stand auf und ging weg, sie sah hinter ihm her, wie er wegging, sie dachte, daß es vielleicht für immer war, es schnürte ihr die Kehle zu, sie dachte, daß sie gegen seinen Willen nicht ankam, daß es so sein mußte. So muß es sein, dachte sie, als der Mann mit dem Bart zurückkam. Durch die benommenen Augen, vom Wein und von den Tränen, die ihr in die Augen drängten, was sie aber nicht zuließ, durch den getrübten Blick sah sie seine korpulente Gestalt, die zwischen den Tischen näher kam, seine bläulichen Lippen, die zwischen dem schwarzen und grauen Bewuchs hindurchlächelten.

– Wo ist denn unser Künstler hingegangen? fragte er und lachte kurz und unangenehm auf.

Dann standen sie auf, setzten sich ins Auto, fuhren irgendwohin in die Vorstadt, gingen durch einen Garten mit sorgfältig gemähtem Gras, das große Haus war voller Frauen- und Kinderkram, alle sind noch am Meer, erklärte er. Sie schlief mit ihm, sie dachte, daß sie sich alles einprägen müsse, damit sie, das Kunstwerk Milan Raks mit dem Namen, den er ihr gegeben hatte, das alles erzählen könne, damit sie nie wieder das wiederkäuende istrische Rind sein würde. Sie hörte das Klingeln des Telefons, dachte, das ist er, er kann es nicht ertragen. Das Läuten hörte auf, der Mann, mit dem sie geschlafen hatte, zog sich an. Fragte, ob sie etwas trinken wolle, aber es hatte sich angehört, als fragte er, ob sie bald gehen würde. Sie saßen noch ein wenig am Tisch im Garten, es war kalt, er hängte ihr sein Sakko um, sagte, sie sei ein wunderbares Mädchen, und es sei schade, daß sie mit diesem Menschen zusammen sei.

– Er ist nämlich ein hoffnungslos unbegabter Maler, sagte er. Ein richtiger Dilettant.

Dann krächzte er wieder sein Lachen, daß es sie unangenehm durchfuhr. Luzia wurde wütend. Warum er sich denn dann den ganzen Nachmittag seine Bilder angesehen habe?

Ihretwegen, sagen wir mal, sagte er, sagen wir mal, weil sie ihm gefallen habe. Sie gefalle ihm noch immer. Jetzt noch mehr.

– Milan Raks Bilder, sagte Luzia aus der Tiefe ihrer verletzten Seele und zugleich aus ihrer tiefsten Überzeugung heraus, sind genial. Die Farben darauf leuchten. Wenn sie sie ansehe, spüre sie darin die Kraft des Lichts, wie sie sie sonst nur damals gespürt habe, als sie als Kind mit ihren Eltern durch Istrien gefahren sei. Die rote Erde Istriens, verbrannt von der gelben Kugel, die seit urdenklichen Zeiten am Himmel hänge, das sei der Augenblick seiner Malerei, der jeden überwältigen müsse. Das Glühen gehe durch die Augen in den Menschen ein, in sein Inneres, die Farben zerflössen in den inneren Augen des Menschen.

Sie sprach lange und stoßweise. Sie wußte selbst nicht, woher sie diese Worte nahm. Diese Kugel, die seit urdenklichen Zeiten am Himmel hing, das Glühen der Farben in den inneren Augen des Menschen, das hatte sie noch nie gesagt, es war überzeugend, weil es wahrhaftig war und aus wahrhaftigem Schmerz kam.

Er sah sie mit einem Ausdruck von Überraschung und zugleich Neugier im Gesicht an, die kleinen Pupillen tanzten aufgeregt.

– Interessant, sagte der Große Kustos und machte ein paar Schritte über das gemähte Gras, sagen wir mal. Ich werde sie mir noch einmal ansehen müssen, sagte er und grinste kurz.

– Tun Sie das, sagte sie, Sie haben nichts gesehen, sagte sie entschlossen. Sieh sie dir nur an, korrigierte sie sich, es schien ihr nicht passend, ihn nach all dem noch zu siezen, du wirst sehen, daß ich recht habe.

Er lachte wieder, sagte, daß jemand, der zu viele Bilder sehe, manchmal offenbar wirklich etwas nicht sehe.

– Soll ich dich heimfahren? sagte er, nachdem er einige Zeit über seinen Gedanken zufrieden geschwiegen hatte. Ich habe zwar ein wenig getrunken, sagte er, aber es wird schon gehen.

Er hatte nicht wenig getrunken, aber es ging trotzdem, er ließ sie vor dem Hochhaus aussteigen, und als sie ausgestiegen war, sah sie, daß in den Fenstern ihrer Wohnung Licht brannte.

Und dann ertrug er es natürlich nicht. Das konnte Luzia durchaus verstehen, auch sie hätte es nicht ertragen. Auch sie hatte ja diese Frau aus dem früheren Leben kaum ertragen, die jenseits von allem hätte sein sollen wie ihr früheres Leben, als sie noch nicht Luzia gewesen war, jenseits von allem, was zwischen ihr und dem verdammten Irren war. Ihr Künstler, wie sie ihn manchmal liebevoll nannte, fing jetzt an verrückt zu spielen. Zuerst wollte er natürlich wissen, was mit dem Menschen gewesen sei, der in ihrer Wohnung umhergegangen sei. Mit langen Pausen zwischen den Wörtern und Sätzen erzählte sie ihm, was passiert war, die ganze lange Nacht. Nur das erzählte sie ihm nicht, daß der Mensch, der in ihrer Wohnung umhergegangen war, nicht ihrer beider Bilder angesehen habe, sondern sie. Am nächsten Morgen, als sie zur Arbeit gehen wollte, stand er am Fenster, die Stirn gegen die Scheibe gedrückt, wie Kinder es tun, wie sie selbst es so oft getan hatte, als sie noch ein kleines Mädchen war. Die Scheibe war immer kalt, draußen sausten in der Hitze des Tages die Autos vorüber, die Welt war in Bewegung, drinnen ruhte alles, dort war die Welt still und sicher. Sie dachte, er ist sensibel und verletzlich wie ein Kind, sie trat zu ihm und legte ihm die Hand auf die Schulter, doch er wich mit einer ruckartigen und nervösen Bewegung zur Seite und durchbohrte sie mit einem Blick aus seinen schönen dunklen Augen, irgendwie feindselig und gefährlich.

An jenem Nachmittag saß er wieder am Fenster in ihrem Lokal, finster, schweigend, denn die Nachmittage waren noch immer, wie er früher gesagt hatte, der kritische Punkt seiner Existenz. Als sie ihm ein Glas Wein brachte, stieß er es um. Während sie den Wein aufwischte, der über Stühle und Boden geflossen war, sagte er, er würde sich die Adern aufschneiden und das Blut strömen lassen, und er würde die Leinwand mit dem Blut übergießen, er würde sie bespritzen, wie das ein amerikanischer Maler mit Farben getan habe, ein gewisser Pollock, aber der habe es mit Farben getan, er selbst würde es mit Blut machen, erst das werde das richtige Rot sein, erst das werde wirklich glühen, wie das istrische Rind gern vom Glühen seiner Bilder sagte.

– Du mußt dabei sein, sagte er. Die Farbe des Blutes glüht nur für einen kurzen Augenblick, dann wird daraus ein bräunliches, ein dreckiges Geschmiere.

Er hat sich die Adern nicht aufgeschnitten, sein Blut ist nicht geflossen. Ihr ist das Blut aus der Nase geflossen. Er hat sie geschlagen. Es war das erste Mal. Und natürlich auch das letzte Mal.

Als sie nachts nach Hause kam, saß er am Küchentisch bei einer leeren Rotweinflasche.

Mit schwacher Stimme sagte er, daß dieser Mensch angerufen habe, dieser akademische Kretin. Er sagte, er wolle sich seine Bilder noch einmal ansehen.

– Schön, sagte sie.

– Das ist nicht schön, sagte er. Das ist schweinisch. Er will dich sehen, nicht meine Bilder. Meine Bilder interessieren ihn einen Dreck.

Sie legte den Beutel mit ihrem Frühstück und der Morgenzeitung ab, die sie ihm jeden Abend mitbrachte. Sie dachte, daß er sich ja vielleicht wirklich seine Bilder ansehen wollte, aber wie sollte sie ihm das sagen? Wo es ja wirklich am wahrscheinlichsten war, daß er sie sehen wollte und höchstens *auch* seine Bilder. Das würde er nicht ertragen können. Wie er alles zusammen nicht mehr ertrug. Er drehte die Flasche nach unten, so daß ein paar Tropfen Rotwein auf die Tischdecke fielen.

– Sie ist leer, sagt er.

– Na und, dann ist sie eben leer!

Er schwieg. Das hatte er nicht erwartet. Das war Widerstand. Wenn die Flasche leer war, bedeutete das, daß sie voll zu sein hatte. Das bedeutete, daß sie dem Beutel eine neue Flasche Wein zu entnehmen, sie zu öffnen und ihm daraus einzuschenken hatte. Doch sie stand da und sah ihn an, seine dunklen und gefährlichen Augen, plötzlich hatte er winzige Pupillen, lauernd und tastend, wie die winzigen und lauernden Pupillen des großen Kunstkenners, mit denen der sie im Gastgarten untersucht und abgetastet hatte, wie die winzigen und es immer wieder prüfenden Pupillen der Männer, von denen sie in ihrem Lokal beobachtet wurde.

– Was bin ich denn überhaupt noch für dich? fragte sie. Eine Kellnerin?

Es war das erste Mal, daß sie etwas derart Zurückstoßendes gesagt hatte. Es hatte sich angehört, als ob sie alles sagte, was es zwischen ihnen an Unausgesprochenem gab, sie hatte, obwohl es unausgesprochen war, gesagt, daß sie seinetwegen noch immer eine Kellnerin war, weil sie nur seinetwegen nicht zu Ende studiert hatte, es hörte sich an, als würde sie für ihn arbeiten, statt seiner das Geld verdienen, es war zu hören, daß sie sich seit drei Jahren nicht aus diesem Loch herausbewegt habe, daß sie sich jede Nacht Stöpsel in die Ohren stecken mußte, es waren noch schrecklichere Dinge zu hören, als ob sie gesagt hätte, daß sie auf seinen Befehl hin mit einem anderen Mann hatte schlafen müssen, mit einem Menschen, der ihn für einen absolut unbegabten Maler hielt, all das war herauszuhören gewesen, und alles das stimmte, bis auf das letzte, denn Luzia war noch immer davon überzeugt, daß er ein großer Künstler war, der größte, obwohl auf der ganzen Welt nur sie so dachte, sie, die das nicht richtig ausdrücken konnte und die seine abstrakten Farbflächen mit der istrischen Landschaft verglich. Und weil das alles stimmte und weil sogar stimmte, daß auf der ganzen Welt nur sie so über seine Malerei dachte, drehte er durch.

Er hatte schon öfter durchgedreht, der verdammte Irre, alle Nachbarn wußten, daß er manchmal durchdrehte, er drehte die Musik laut auf, schrie aus dem Fenster, kam betrunken in Schlangenlinien auf dem Fahrrad nach Hause und verschüttete Wein im Treppenhaus, aber sie hatte er nie angerührt, er hatte sie nie geschlagen, auch unter dem Hagel der schlimmsten Beleidigungen wegen ihrer Rindernatur war das nie vorgekommen, vielleicht liebte er sie. Jetzt stieß er mit dem Fuß gegen seine wertvolle Leinwand, daß die frische Farbe an seinen Hosenbeinen kleben blieb, du bist keine Kellnerin, sagte er vielleicht deshalb, weil er sie wirklich liebte, du bist eine Nutte, eine fette, faule, schwere Hure, deren Anblick ich nicht mehr ertragen kann, mein Bild habe ich deinetwegen zerstört, schrie er und ging auf sie zu und schlug sie mit dem Handrücken, daß sie blutete und er im selben Augenblick zu schluchzen anfing, weil es ihm leid tat, als er sah, daß ihr das Blut aus der Nase lief, er griff nach einem Taschentuch, um das rote Blut zu stoppen, wie konntest du, schluchzte er, es rannen wirklich Tränen über sein Gesicht, wie konntest du mit diesem Schwein, weinte er, weil er sie vielleicht wirklich liebte und das nicht anders ausdrücken konnte. Sie wollte ihm über sein wirres schwarzes Haar streichen, er tat ihr leid, weil sie in diesem Augenblick wußte, daß es zu weit gegangen war, daß er allein bleiben würde, er tat ihr schon in diesem Augenblick leid, weil er mit seinen Bildern allein bleiben würde, aber da war nichts mehr zu machen, vielleicht liebte er sie und konnte es nicht anders ausdrücken, als indem er sie schlug, als indem er während seines Schluchzens anfing ihre Sachen vor die Tür zu werfen, Schuhe, Kleider, ein schwerer Topf rollte die Treppe hinunter, die aufgewachten Nachbarn fingen an wie wild gegen die Rohre der Zentralheizung zu schlagen.

Sie lief die Treppen hinunter, eine Zeitlang irrte sie durch die leeren Straßen, sie dachte daran, in ein Hotel zu gehen, sie dachte daran, diesen Menschen anzurufen und ihm zu sagen, was passiert war, schließlich beschloß sie, bei der Kollegin aus dem Lokal anzuklopfen und sie zu fragen, ob sie bei ihr übernachten könne.

Auf der Couch zog sie sich zu einer reglosen Kugel zusammen und lag so bis zum nächsten Morgen. Am folgenden Nachmittag rief er sie an, als ob nichts passiert wäre.

– Im Traum habe ich ein Bild gesehen, sagte er, ich sah eine glühende Landschaft und kann mich an keine ihrer Farben erinnern, wer hat gesagt, daß wir nicht in Farben träumen?

Luzia sagte, sie habe keine Zeit, sich das anzuhören, aber er fuhr fort, als ob nichts gewesen wäre, ich habe von einer intensiven Farbe geträumt, erzählte er, von einer glühenden Kraft aus einer unbekannten Mitte, aber jetzt, wo ich sie in Erinnerung rufen will, ist sie nicht mehr da, eine einzige Farbe würde ich gern über die Leinwand ziehen, und die dürfte nicht gelb sein, sie dürfte nicht rot sein, und trotzdem müßte sie glühen, als ob sie gelb wäre, als ob sie rot wäre, als ob es das reinste glühende Licht wäre, wie es das in dem glühenden Nachmittagstraum gewesen war ...

Luzia war für einen Augenblick wieder von seinen Worten gefangen, sie wollte sagen: Du wirst es mir am Abend erzählen, doch sie sah den strengen Blick ihrer Kollegin, die mit einem Tablett vorüberging, und legte auf. Sie sah ihn vor sich, wie er verwundert auf den Hörer starrte, das hatte er nicht erwartet, sie konnte ihn sehen, jeden Tag konnte sie sehen, wie er mitten in der Wohnung saß, die mit Bildern vollgestopft, aber trotzdem leer war, denn jetzt gab es niemanden, der abends kam und zu ihm so, wie es das istrische Rind verstand, vom Glühen seiner Bilder sprach, seinen Träumen zuhörte, dort war jetzt der öde, leere, hohle Sommernachmittag, ein leeres Bett mit durchgeschwitzten und zerknitterten Laken, warmes Bier, dieses bräunliche Abwasser in der Flasche auf dem Tisch, eine Fliege, die über den Flaschenmund kroch und hinein wollte, sauer gewordene Milch im Kühlschrank, nirgends eine Farbe, keine glühende Kraft aus einer unbekannten Mitte im Kopf, im All, im Eingeweide der Erde, nur ein leerer Sommernachmittag, nur das zerknitterte, weggespülte, sauer gewordene Leben eines Malers, der von seiner Frau verlassen worden war ... die ihn verlassen hatte, weil sie ihn nicht mehr ertragen konnte, den verdammten Irren, eine Frau, die es ohne ihn überhaupt nicht gäbe, die ohne ihn ein Plasma wäre, eine Amöbe, ein undefiniertes Wesen, das sich gern bis zum Diplom und bis zu einer Anstellung durchgeschlagen hätte, ein Wesen, das vegetiert hatte, bis er ihm Leben eingehaucht, es mit der Vielfalt des Lebens, mit tagtäglicher Spannung umgeben hatte, ihm schließlich einen Namen gegeben hatte. Sie hatte überhaupt keinen Namen gehabt, bevor sie zu Luzia geworden war, er hatte sie benannt, geformt, aufs neue erschaffen. Luzia, hatte sie gesagt, jetzt bin ich Luzia – so etwas kann nur einem Künstler einfallen ... Was für einem Künstler? hatte er gefragt, einem großen, hatte sie gesagt, richtig, hatte er gesagt, einem großen Maler, hatte sie gesagt, jetzt bist du das Licht, hatte er gesagt, luce, lux, Licht, Augenlicht, Glühen, so kann nur ein großer Maler denken, hatte sie gesagt, als sie ihn damals mit Tränen in den Augen geküßt hatte, als ihre heißen Tränen auf seine nackte Haut gefallen waren, sie wußte sich anzupassen, wie auch nicht, wo sie doch Plasma gewesen war, sie, die mit ihm, erst mit ihm den Hauch des Lebens verspürt hatte, das *ankh* der alten Ägypter, er hatte es ihr eingehaucht, das Leben, zuerst körperlich zwischen zerknitterten und durchgeschwitzten Laken, dann geistig, sie hatte es erst bekommen, als sie auch einen Namen bekommen hatte – Luzia ... Bis er sie rauswarf, Luzia, er mußte sie rauswerfen, ihre Puderdosen und Fläschchen, denn ihr Plasma hatte sich im ganzen Raum verteilt, das hatte er oft gesagt, ihr Körper, die Düfte, die Küchengerüche, das Plasma, das duftend und freundlich, aber auch erstickend und lähmend war, er mußte sie rauswerfen, um im Leben noch etwas schaffen, um noch eine Farbenharmonie verspüren, um den Haß der Farbflächen, die sich berührten und abstießen, schließlich ineinander überflossen, spüren zu können, so sei es auch im Leben, hatte er zu ihr gesagt, sie hatte es nicht verstanden, natürlich hatte sie nicht verstanden, daß es auch im Leben so war, daß sich die Flächen gegenseitig abstießen und im Augenblick des Abstoßens, des Gegeneinanderstoßens, auch schon ineinanderflossen, an den Rändern ineinanderliefen ... Weil sie das nicht verstanden hatte, hatte er sie einem Akademieprofessor ins Bett gelegt, ich will, daß du mit einem anderen schläfst, hatte er gesagt, mit wem auch immer, er hatte sie direkt ins Bett des Großen Kustos, des schleimigen Kretins geschickt, bevor er sie rauswarf, er hatte sie in sein Bett gestoßen, damit sie verstand, damit sie fühlte, was das bedeutete, gefährliche Ränder, wo die Dinge tief gespürt wurden, wo Verrat als schrecklicher Lebenshauch wirkte, als ägyptisches *ankh,* als schreckliches Aphrodisiakum für das große Lieben, für die große Paarung, voll von Schmerz, Eifersucht, Verrat, ungeheuerlichem Ehebruch ... Sie hatte es ihm erzählen müssen, sie hatte es ihm detailliert erzählt, wie sie mit diesem Menschen geschlafen hatte, den er, der verdammte Irre, das hatte sie zu ihm gesagt, verdammter Irrer, den der verdammte Irre noch mehr haßte, als er sie hassen konnte, sie, die ihm hörig war, ein Plasma, und die das wirklich mit einem Menschen getan hatte, der einmal gesagt hatte: Sagen wir mal, sagen wir mal, das könnte Malerei sein, ist es aber nicht, auf den Leinwänden von Milan Rak herrscht das Chaos einer schwülstigen Pathetik, ein literarischer, aber kein malerischer Ausdruck ... Worte über das Fehlen von Talent, die wie ein Schlag auf den Plexus gewesen waren, Worte, bei denen man mitten am Nachmittag mit einem Loch über dem Magen erwachte, mit einem Angstkloß in der Brust, der Kopf ein Volumen, das größer war als der Raum, in dem es sich bewegte, Worte der Sinnlosigkeit, Worte akademischer Aufgeblasenheit, Worte eines professoralen Trottels, eines ältlichen Affen, der so komisch und unvermittelt lachte, jedem, der mit ihm zu tun gehabt hatte, war dieses krächzende Lachen aufgefallen, auch sie hatte gesagt, er lache so komisch ... Aber da war es ihr schon egal gewesen, sie hatte getan, was er befohlen hatte, der verdammte Irre, sie war mit dem Menschen mit dem demütigenden und arroganten Lachen mitgegangen, einem Lachen, das die demütigenden und unverschämten und ungerechten Worte über die Kunst ersetzte, einem Lachen, das entwaffnete, niederschmetterte, das einem die Freude am Arbeiten und den Willen nahm, das zu Boden zog, das zu Boden drückte, eines Sommerabends hatte er sie mit diesem Menschen in die Sommernacht geschickt, einem Menschen, den er haßte, sie, die er geschaffen und deshalb auch geliebt hatte, wie sollte er die Frau, der er einen Namen und die Fülle des Lebens geschenkt hatte, nicht lieben, er hatte sie mit dem graubärtigen akademischen Trottel weggeschickt, der lachte und dann sagte, junger Kollege, und dann wieder lachte und selbst nicht wußte, worüber ... Obwohl sie es nicht gewollt hatte, war sie mitgegangen, obwohl sie sich dagegen gewehrt hatte, war sie mitgegangen, und dann hatte er dennoch angefangen sie zu hassen, weil sie mitgegangen war, wie er auch den akademischen Hohlkopf und sein krächzendes Lachen zu hassen begann, sein gönnerhaftes und erniedrigendes Krächzen, das ihn aus dem Bett warf, das in seinem Kopf hämmerte, das aus ihm, dem jungen, unter dem glücklichen Stern des Künstlers geborenen Menschen, einen verdammten Irren machte ... So einen, daß er an diesem weggespülten, zerknitterten und versauerten Sommermittag dort unten auf die Brücke gehen und dem erstbesten Japaner (mit Hütchen), der ihn bitten würde, ihn zusammen mit seiner Frau (ebenso mit Hütchen) vor dem Hintergrund der Barockfassade zu fotografieren, den Fotoapparat in den Fluß werfen würde, zuerst würde er sie fotografieren (mit Hütchen), dann würde er den Fotoapparat zusammen mit dem künftigen Foto des Japaners und der Japanerin mit Hütchen vor dem Hintergrund der Barockfassade in den Fluß werfen, das Foto von den Hütchen würde in der grünen Wasserfläche versinken, er würde auch einen Rokokospiegel an sich reißen, auch das würde er tun, er würde ihn dem Verkäufer auf dem Flohmarkt aus den Händen winden und in den Fluß werfen, er würde Luzia in den Fluß werfen, er würde sich selbst, den verdammten Irren, in den Fluß werfen, aber vorher, noch vor dem Fotoapparat, vor dem Spiegel, vor Luzia und vor dem verdammten Irren, würde er den Mann in die Tiefen des schmutzigen Flusses werfen müssen, ihn, der ihn nicht atmen ließ, der ihn mit seinem abschätzigen, mit seinem idiotischen Lachen angehalten hatte, der nicht zuließ, daß er in diesem Sommer endlich in ihm aufglühte, daß der Glücksstern aufglühte, unter dem er geboren war ... die Farbe, von der er geträumt hatte, alle Worte, die er jetzt mitten am Nachmittag gegen sich und wohl auch gegen seine Bilder schleuderte, alle Worte, alle Drohungen, das ganze Durcheinander an Worten und Farben und Träumen, das Luzia gut kannte, sie wußte, wie es mit ihm in der leeren Wohnung voll glühender Farben war, sie kannte sie zur Genüge, die Unruhe, die in den letzten Jahren auch ihr Leben erfüllt hatte, jenes Leben, in das sie nicht mehr zurückkehren würde, diese Unruhe, ohne die sie nicht mehr würde leben können.

Sie zog zu ihrer Kollegin aus dem Lokal, nur für ein paar Tage, sagte sie, bis ich etwas Passendes gefunden habe. Doch die Tage zogen sich zu Wochen hin und die Wochen zu Monaten. Noch immer arbeitete sie ganztägig und kam spät nach Hause, sie hatte das Gefühl, daß sich schon sehr bald etwas klären mußte. Ihren Künstler gab es auf einmal nicht mehr, an manchem Nachmittag dachte sie, daß sie ihn am Tisch beim Fenster erblicken würde, aber dort saßen jedesmal andere Leute. Er rief auch nicht mehr an. Nichts klärte sich. Sie stellte fest, daß sie, während sie mit ihm zusammengelebt hatte, jeden Kontakt zu ihrer Umwelt verloren hatte. Die Freundinnen, mit denen sie studiert hatte, hatten sich verstreut, plötzlich erkannte sie, daß sie in dieser Stadt, in die sie vor sieben Jahren gekommen war, niemanden kannte. Sie kannte ein paar Künstler aus seinem Kreis, die Kellnerinnen, mit denen sie arbeitete, den Besitzer des Lokals und seine Frau. Nicht einmal die Frau, bei der sie wohnte, kannte sie gut, zumindest ihr Leben nicht. Irgendwelche Männer hinterließen ihr Nachrichten auf dem Anrufbeantworter, einmal hatte sie unabsichtlich auf den Knopf gedrückt, eine Stimme hatte mitgeteilt, nach der Arbeit, wie abgemacht, auf sie zu warten. Es interessierte sie nicht, was abgemacht war, das war nicht ihr Leben, ihr Leben war leer, seit die große und gefährliche Unruhe daraus verschwunden war, die ganze Ungewißheit, in der sie sich angewöhnt hatte zu leben und zu träumen. Die ganze Welt war auf einmal so leer, seit er daraus verschwunden war, der verdammte Irre, am liebsten wäre sie wirklich mit einem anderen mitgegangen, mit irgendwem, mit wem auch immer.

In Ljubljana hielten die Herbstnebel Einzug, im Dezember fiel feuchter Schnee. Sie wohnte noch immer bei ihrer Kollegin, zu der sie nur für kurze Zeit gezogen war. Die Stimme vom Anrufbeantworter kam jetzt auch in die Wohnung, ein Mann mit einem Goldkettchen, das von seinem Handgelenk baumelte, wie auch der flauschige Anhänger am Rückspiegel seines großen schwarzen Wagens baumelte. Sie gingen in die Nacht hinaus, und Luzia atmete jedesmal auf, am liebsten war sie allein, sie dachte noch immer an ihn und an seine Bilder, obwohl die Erinnerung immer blasser wurde, es tat nicht mehr weh, es war schon ein anderes, ein vergangenes Leben, sie wollte, daß es das war.

Eines Abends, als sie die nassen Schuhe auszog, die mit Placken schmutzigen Schneematsches bedeckt waren, eines solchen Abends, wie es der gewesen war, an dem sie zu seiner Ausstellung gegangen war, zu der Ausstellung, wo die Flammen sie verschluckt hatten, setzte sie sich müde auf die Couch, zog die müden Beine an und schaltete den Fernseher ein. Über die ganze Bildfläche erstreckte sich das Gesicht eines Mannes mit spärlichem schwarzen und grauen Bartbewuchs auf dem Doppelkinn und den Wangenflecken, die von einem guten Leben mit viel gutem Essen und edlem Wein zeugten. Sie kannte das Gesicht aus der Nähe, seine bläulichen Lippen, es hatte sich einmal über sie gebeugt, das Gesicht sprach über die Bilder eines bisher wenig bekannten Künstlers, und Luzia blieb das Herz stehen.

– Eine Explosion der Farben, sagte der Professor und lachte kurz, die Farben auf den Bildern Milan Raks glühen buchstäblich. In ihnen ist nicht nur die artifizielle Perfektion zu spüren, sondern, sagen wir mal, auch oder sogar vor allem die Kraft des Lichts – Luzias Herz pochte –, wie es die mediterrane Landschaft ausstrahlt, sagen wir mal Istrien mit seiner roten Erde – *meine Worte,* schlug das Herz, *istrisches Rind, istrisches Rind* –, sagen wir mal – die Kamera schwenkte auf ein Bild, das an der Wand einer Galerie hing – dieses Gelb, sagen wir mal, sagte der Professor, es ist nicht wie das Glühen des Himmels, der über uns hängt, es ist eine Malerei, die jeden überwältigen muß, weil sie aus der Natur schöpft und sie in Kunst transformiert, das Glühen geht durch die Augen des Menschen ein in sein Inneres, die Farben verströmen sich in den inneren Augen des Menschen.

Fast ein Jahr später ist Luzia in der leeren Wohnung, draußen ist ein heißer Augusttag, sie geht auf und ab, zur Tür und zurück, lehnt die Stirn an die Fensterscheibe, wie ein kleines Mädchen, so wie es auch der verdammte Irre getan hat, wie wir es alle tun, denkt sie, wir lehnen den Kopf mit unserer kindlichen Seele ans Fenster, die Stirn ans Glas, Luzia atmet gegen die Scheibe, ihre Lippen bewegen sich, verdammter Irrer, haucht sie mit ihrem Atem gegen die Scheibe, auf die leere Straße dort unten, in die leere sommerliche Stadt dort unten, wo bist du jetzt, du verdammter Irrer?

Endlich läutet es an der Tür.

Sie löst sich von der Scheibe, auf der anderen Straßenseite haben sie die Pizza schon fast aufgegessen, sie könnte jetzt nichts essen, die beklemmende Kugel liegt ihr jetzt im Magen ganz oben, sie geht durch die Wohnung, im Flur sieht sie im Vorübergehen in den Spiegel, sie öffnet.

In der Tür steht ein Mann in grauem Anzug, mit aufgeknöpftem Sakko, um die Mitte ein wenig beleibt, vom Treppensteigen außer Atem, er hat nicht mit dem Aufzug fahren wollen, er ist die Treppe heraufgekrochen. Er ist ein bißchen verlegen, er lächelt, darf ich eintreten? Auch sie lächelt, was soll sie sonst tun, natürlich darf er eintreten. Sie hilft ihm das Sakko auszuziehen, und es durchfährt sie, als sie dabei seinen kalten verschwitzten Nacken berührt. Unternehmungslustig löst der Mann die Krawatte. Er sagt, es sei noch ziemlich kühl in der Wohnung. Besser als draußen, sagt sie. Sie denkt, sie sollte noch etwas sagen.

– Heute morgen habe ich gelüftet, sagt sie, und dann die Fenster geschlossen. Man muß morgens lüften, sonst schlägt die Hitze herein.

Der Mann sieht sie verwundert an.

– Du warst schon heute morgen hier?

– Ja, sagt sie, und es ist ihr sofort anzusehen, daß sie sich in eine dumme Lüge verstrickt hat. Vor diesem Menschen will sie gerade nicht den Eindruck erwecken, daß sie hier wohnt, denn er öffnet mit kenntnishafter Selbstverständlichkeit den Glasschrank mit den halbleeren Flaschen und schlecht abgewaschenen Gläsern, er ist hier schon gewesen, aber sie ist das erste Mal hier, das heißt, das zweite Mal. Ja, sagt sie und verstrickt sich noch ein bißchen tiefer, ich war hier, um zu lüften.

– Schön, sagt der Mann und streift die Schuhe von den Füßen, während er sich eine bräunliche Flüssigkeit einschenkt, einen Kognak, schön, daß du gelüftet hast, schön, sagt er, obwohl er ihr nicht glaubt, aber sie sind nicht dazu hier, um einander zu glauben.

– Wie heißt du?

– Luzia.

– Ich werde nicht fragen, ob das dein richtiger Name ist.

– Wozu fragen? sagt Luzia.

– Ich bin Jože, sagt der Mann. Du bist neu, sagt er.

– Ja, sagt Luzia, ich bin neu hier, vorher habe ich woanders gearbeitet.

Sie will nicht neu sein, sie will nicht, daß dieser Jože sieht, daß sie neu ist und daß es das erste Mal ist, auf diese Weise absolut das erste Mal, ihr scheint, daß sie das jetzt richtig gesagt hat, sie hat eine gute Formulierung verwendet, so etwas sagt bestimmt keine Anfängerin.

Der Mann fragt nicht, wo sie gearbeitet hat, er ist nicht hier, um zu erfahren, wo sie gearbeitet hat.

– Möchten Sie etwas trinken? fragt Luzia.

– Ich trinke doch schon, sagt der Mann und setzt sich auf die Couch.

– Ich werde auch etwas trinken, sagt sie.

Sie schenkt sich ein halbes Glas Rotwein ein, setzt sich zu ihm, er schiebt ihr mit geübter Bewegung mit der von kaltem Schweiß ein wenig kalten Hand den dünnen Stoff den Schenkel hoch, noch höher, so daß das weiße Dreieck des Höschens aufblitzt.

– Du bist schön, sagt er, ich habe nicht gewußt, daß so ein schönes Mädchen auf mich wartet.

Luzia greift unwillkürlich nach dem Kleid, um es zu den Knien hinunterzuziehen, als ihr sein Schnapsatem ans Ohr haucht, das ist es jetzt, denkt sie. Für einen Augenblick denkt sie daran, das Kleid über die Knie zu ziehen, aufzustehen, wegzugehen, zum Fluß zu fahren, sich ins Gras zu legen, in den heißglühenden Tag, unter das große Auge der Sonne, die vom Himmel herabsieht. Sie schiebt seine Hand weg und zieht jetzt wirklich mit verschämter Bewegung das Kleid zu den Knien hinunter, er greift automatisch und ruckartig nach, Wein schwappt auf das Kleid, *shit*, sagt Luzia, Reinigung. Der Mann weicht zurück, in seinem vernebelten Blick ist zuerst Verwunderung, dann pressen sich seine Lippen zu einer dünnen beleidigten Linie zusammen.

Luzia besieht den Fleck auf dem Kleid, es ist nichts, sagt sie, nicht schlimm.

– Gehen wir ins Schlafzimmer, sagt sie.

Die dünne Lippenlinie löst sich wieder, der Mann lächelt.

– Ich dachte schon, sagt er, etwas wäre nicht in Ordnung.

– Alles in Ordnung, sagt Luzia und sieht auf sein Lächeln, den offenen Mund, die weißliche Zunge, die sich zwischen den gesunden Zähnen wälzt, wir gehen nur ins Schlafzimmer. Sie fühlt, daß ein heißer, glühender Reif ihren Kopf zusammendrückt, das ist nicht das Glühen der istrischen Landschaft, auch nicht das Glühen auf irgendwelchen Bildern, die jetzt in der Kühle und Stille der Großen Galerie hängen, das ist ein glühender Reif, der erbarmungslos den Schädel zusammenpreßt.

Später liegt Luzia allein auf dem Bett, durch die offene Tür sieht sie, wie der Mann ein paar Geldscheine aus der Brieftasche nimmt, abzählt, innehält, noch einen Schein dazugibt, jetzt würde er am liebsten aus der Wohnung rennen, unverzüglich am Lift vorbei die Treppen hinunterschleichen. Trotzdem kommt er zurück, setzt sich aufs Bett, ob er noch ein Glas Wein bringen soll?

Luzia schüttelt den Kopf.

– Mir scheint ..., sagt der Mann und rutscht ein Stückchen am Bettrand, ... ich meine nicht, daß es das erste Mal war ... ich meine ... so.

– Ist doch egal, sagt Luzia.

– Ich will nicht aufdringlich sein, sagt Jože, aber ... darf ich fragen, warum?

– Weil mir langweilig ist, sagt Luzia. Darum, Jože.

– Ich verstehe, sagt der Mann, die meisten Dinge passieren aus Langeweile. Daran habe er zwar immer Mangel, an Zeit, aber er verstehe, er verstehe, was Langeweile bedeute, welch schreckliches Ungeheuer das sei. Besonders im Sommer, wenn es keine Vorlesungen gibt, nicht wahr?

– Ja, sagt Luzia, im Sommer besonders.

– Ich gehe jetzt, sagt Jože.

– Du heißt nicht Jože, sagt Luzia.

– Wie heiße ich denn, wenn nicht Jože?

Luzia, die auch nicht Luzia heißt, sagt jetzt nichts.

– Wie heiße ich denn, wer bin ich denn, wenn ich nicht Jože bin?

– Du weißt selbst, wer du bist. Ich habe dich im Fernsehen gesehen.

– Ach ja? Du hast mich im Fernsehen gesehen?

– Keine Angst, Jože. Ich werde es niemandem erzählen.

Du könntest auch ein Familienvater sein, denkt Luzia, mein Vater. Jetzt wird dieser Jože zu seiner Frau fahren, nach Krško oder nach Kranj, er wird sagen, die Konferenz habe sich hingezogen. Nachts wird er aufstehen und unruhig durch die Wohnung laufen, um vier Uhr morgens wird es ihn ankommen, sich zu erschießen.

Luzia steht auf und geht unter die Dusche. Sie wäscht sich lange.

Dann steht sie wieder am Fenster. Unten bleibt ein großer Wagen stehen. Luzia geht die Treppe hinunter und setzt sich auf den Beifahrersitz.

– Wie war's? sagt der Fahrer, dem ein Goldkettchen vom Handgelenk baumelt.

Luzia sieht vor sich hin und sagt nichts.

– Du bist doch mein Mädchen, sagt der Fahrer, ein wenig tröstend, ein wenig gönnerhaft. Nicht?

Luzia nickt.

– Ich würde mich gern irgendwo ins Gras legen, sagt sie, ich würde gern ein bißchen Sonne an mich ranlassen. Es brennen lassen.

– Wir könnten ans Meer fahren, sagt ihr Fahrer.

– Nein, nein, ich möchte nicht ans Meer fahren, gleich hier, zum Fluß.

Den ganzen späten Nachmittag liegen sie am Fluß, ein einsamer Spaziergänger geht vorbei, Luzia zieht ihren Rock zurecht, die Sonne neigt sich dem Abend zu, der, der neben ihr liegt, wacht auf, sie verstauen die Liegen, legen die Decke zusammen, es ist Zeit, sagt er, es ist Zeit, nach Haus zu fahren.

– Ich würde gern etwas essen, sagt Luzia.

Dann fahren sie auf den glühenden Autobahnring, der die Stadt mit seinem Brausen umklammert. In der Ferne blinken Polizeilichter. Als sie in langsamer Fahr näher kommen, sehen sie ein Auto, die Reste eines Autos, zerquetschtes gelbes Blech mitten auf der Straße, darauf Flecken von rotem Blut.

– Das ist dieser verdammte Irre, sagt ihr Fahrer, der, der im Radio war. Ich glaube nicht, daß von dem etwas übriggeblieben ist, sagt er, so ist das, wenn man in die falsche Richtung fährt. Du kannst nirgends mehr hin, es bleibt nichts von dir übrig.

– Ja, sagt Luzia, du kannst nirgends mehr hin, es bleibt nichts übrig.

Außer etwas roter Farbe auf dem Blech, fast schon bräunliches Geschmiere, es trocknet rasch, aber die Reste der Farbe zeigen noch immer ein leichtes Glühen, die Reste der einst glühenden, jetzt erlöschenden istrischen Landschaft in ihren inneren Augen, in den müden Pupillen.

[Unsichtbarer Staub]

Was ich erzähle, spielt in einem dieser großen Häuser in der Umgebung von Ljubljana, die dort in den letzten Jahren, mit fröhlichen Farben an den Fassaden, gewachsen sind, mit Farben, die sagen wollen, daß dahinter fröhliche und zufriedene Menschen leben.

Die ersten drei Personen, die auftreten, zwei Frauen und ein Kind, ein Bürschchen von etwa zwölf Jahren, stehen vor einem riesigen Bild, es lehnt an einem Stuhl neben einem Tisch, der zum Abendessen gedeckt ist. Es ist ein Bild in einem schweren goldenen Rokokorahmen, Öl auf Leinwand, mit vielen Frühlingsfeldblumen in sehr lebhaften Farben, sie bewundern es, zumindest die beiden Frauen bewundern es in höchstem Maße. Die eine, die rundlichere, die Frau Zdenka genannt wird, ruft aus: Ich habe keine Worte! Die andere, die schlank ist und ein geblümtes Kleid und Blumen im Haar trägt, die denkt sich: Wenn du keine Worte hast, dann schweige lieber. Aber auch sie ruft aus: Meinen Sie wirklich? Frau Zdenka, die immer denkt, was sie sagt, sagt, sie sei keine Kunstkritikerin, aber das Bild, das Monika gebracht habe, jetzt wissen wir, daß die schlanke Frau im geblümten Kleid, die Blumen malt, Monika heißt, ihr Bild, beeilt sich Frau Zdenka ihre Meinung kundzutun, ihr Bild drücke die reine Lebensfreude aus, ihr Bild sei eine wahre Ode an die Freude. Und Sie sagen,

Sie seien keine Kritikerin, meint Monika lächelnd, das haben Sie schöner gesagt, als es irgendein Kritiker sagen könnte. Frau Zdenka streicht aus Verlegenheit eine Haarlocke zurecht und meint, daß Worte angesichts der Kunst nur ein Stammeln seien. Dann überlegt sie kurz und sagt: Manchmal beneide ich Sie, Monika, ihr Künstler habt ein so reiches Innenleben. In diesem Augenblick rülpst der Junge laut. Monika, die seine Mutter ist, sagt mit sanft tadelnder Stimme: Don! Das bedeutet, daß der Junge Don heißt, zugleich aber auch, daß er sich gerade nicht schön benommen hat. Frau Zdenka sagt: Macht doch nichts, wahrscheinlich hat der Junge etwas Falsches gegessen, und versucht ihm über die Haare zu streichen. Doch Don weicht vor ihrer Hand wie vor einer Schlange zurück. Don, sagt die Malerin Monika, die Tante wollte dich streicheln.

Don hält wie ein braves Hündchen still, als Frau Zdenka ihn streichelt und sagt: Das kann jedem passieren. Ich vertrage zum Beispiel keine Zwiebeln. Von Zwiebeln bekomme ich Sodbrennen, und manchmal muß ich auch aufstoßen. Monika erklärt jetzt, daß das, was gerade passiert ist, um die Wahrheit zu sagen, eine Art Familienscherz sei, Alexander, ihr Liebster, habe ihn sich ausgedacht. Wenn nämlich Alexander nach dem Essen aufstößt, wenn er, verzeihen Sie, rülpst, dann sagt er, er habe ein reiches Innenleben. Und Don müsse bei dieser Wendung sofort auch rülpsen. Und deshalb jetzt ..., sagt seine Mutter, die Malerin Monika, und fügt mit einem Lächeln hinzu: Diesen Satz werden wir nicht mehr sagen. Frau Zdenka hingegen ist jetzt noch entzückter: Daß Ihrem jungen Herrn Gemahl solche künstlerischen Vergleiche in den Sinn kommen, liegt bestimmt an Ihrem Einfluß. Monika verstehe nicht, von was für künstlerischen Vergleichen Frau Zdenka spreche, Alexander sei gewiß kein Künstler, dreimal die Woche gehe er ins Fitnesscenter, zu viel Milchsäure in seinen Adern, Leute, die zu viel trainieren, leiden daran. Daraufhin erklärt Frau Zdenka, daß Menschen mit einem reichen Inn ... Hier hält sie inne und sieht ein wenig erschrocken zu Don, der aber nicht rülpsen kann, weil ihm Monika schon die Hand auf den Mund gelegt hat. Frau Zdenka, der der Erfolg mit der Ode an die Freude etwas zu Kopf gestiegen ist, will ihren gerade erworbenen Status einer Kunstkennerin ein wenig ausbauen, überlegt kurz und meint dann, das Bild erinnere sie ein wenig an die slowenischen Impressionisten. Doch diesmal hat sie es etwas übertrieben. Die Malerin, die nicht zufrieden ist, weil sie soeben gezwungen war, ein Familiengeheimnis zu enthüllen, sagt unwillig: Warum die slowenischen? Frau Zdenka ist zuerst etwas irritiert, doch dann fügt sie rasch hinzu: Ja, es könnten auch die französischen sein. Als sie sieht, daß die Künstlerin noch immer nicht zufrieden ist, versucht sie zu erklären: In diesem Bild ist etwas Heimisches, Vertrautes, Freundliches, es beruhigt einen. Die Malerin könnte jetzt zufrieden sein, ist es aber nicht, im Gegenteil. Im Gegenteil, sagt sie, Impressionismus mag einen wirklich beruhigen, sagt sie, meine Kunst hingegen will erregen. Nur die Oberfläche ist idyllisch, sehen Sie das nicht? Nur Schein, darunter wütet Beunruhigung, es brodelt unter der Oberfläche, in der Tiefe strömen gefährliche Gefühle. Darum erregt meine Malerei. Frau Zdenka erträgt Widerspruch im eigenen Haus nur schwer, weshalb sie von dieser Standpauke geradezu in Atemnot gerät, sie wird von einem leichten Husten befallen, als hätte sich unsichtbarer Staub auf ihre Lunge gelegt. Frau Zdenka kennt auch deftige slowenische Redewendungen, sie denkt sich, so kommst du mir nicht, ich bin schließlich nicht auf der Nudelsuppe dahergeschwommen, und stellt sich naiv, und ohne sich groß bemühen zu müssen, auch ein wenig dumm, und fragt ganz unschuldig, ob Frau Monika dabei an die Kunstkritiker denke. Daß sie sie errege? Aber das überhört Monika einfach. Jemand, sagt sie mit einem Lächeln, der sich auf Kunst versteht, auch wenn er ein sehr, sehr durchschnittlicher Kenner ist, wer sie fühlt, die Kunst und das Kunstwerk, der spürt auch die Erregung, die dahintersteckt. Frau Zdenka kann auch lächeln, keine Sorge: Ach, dahinter? Wie meinen Sie das? Ja, ich verstehe ja, hinter diesen schönen Blumen ist das, was in einem drinnen ist, ich sage ja, das ist der Ausdruck eines reichen Innen ... Hier legt sie sich jetzt die Hand auf den Mund, beide schauen, was Don tun wird, aber der tut nichts, der stopft sich mit einem Löffel Pastete in den Mund. Beide atmen auf. Frau Zdenka fährt versöhnlich fort: Und können Sie mir raten, wohin ich dieses beunruhigende Kunstwerk hängen soll? Monika sieht sich im Raum um. Nein, sagt sie nach einer Weile, stellen wir es an die Wand dort, und dann sehen wir weiter. Beide heben mit Mühe das riesige Bild auf, sie sagen etwas von Männerhänden, die zu Hilfe eilen könnten, aber nie da seien, wenn man sie brauche, und tragen den goldenen Rokokorahmen voller Frühlingsblumen zur Wand. Damit ist das Gespräch über die Kunst beendet. Es beginnt ein Gespräch über ernstere Dinge.

Es treten Miroslav und Alexander ein, letzteren haben wir schon kennengelernt, genaugenommen haben wir von ihm gehört, aber Miroslav werden wir noch kennenlernen, auch hören, eigentlich sofort, wenn er mit mächtiger Stimme, die den Herrn in diesem Hause auszeichnet, fragt: Pšeničnik ist noch nicht da? Weil Pšeničnik wirklich noch nicht im Raum ist, aber auch das laute Geräusch seines großen Autos noch nicht zu hören ist, kann ihm niemand antworten, ob er schon im Kommen ist, aber genausowenig kann ihm jemand sagen, daß er wirklich nicht da ist, weil das wäre, als würde jemand sagen: Siehst du denn nicht, daß er nicht da ist? Weil das fast eine Zurechtweisung wäre und keine Antwort. Deshalb sagt Frau Zdenka fröhlich: Sieh lieber, was für eine Schönheit Monika ins Haus gebracht hat. Sie sagt nicht, Frau Monika, wie sie sie schon genannt hat, man kann von einem Künstler ja auch nicht als von „Herrn Jakopič“ sprechen. Miroslav streift das Bild mit einem Blick, sieht aber auch Monika an und sagt: Ich kenne diese Schönheit. Jetzt weiß niemand, ob in den Worten des Hausherrn eine tiefere oder verborgene Bedeutung liegt, ob er die Schönheit des Blumenstücks kennt oder ob er vielleicht Monikas enganliegendes geblümtes Kleid meint, die Blume in ihrem Haar oder gar Monika selbst, blumenhaft, wie sie ist. Aber Miroslav wischt alle Doppeldeutigkeiten mit einem klaren Wort weg: Wenn Pšeničnik in fünf Minuten nicht da ist, fangen wir ohne ihn an. Ich habe Hunger. Alexander, das ist derjenige, der die Weisheit vom reichen Innenleben erfunden hat, meint entschieden, daß man auf Pšeničnik warten solle, weil, wie er sagt, nur von ihm der Plan mit der Hypothek abhänge und es nicht gut wäre, wenn Pšeničnik beleidigt wäre. Das macht Miroslav ein wenig ärgerlich: Er beleidigt? Ich sollte beleidigt sein. Ich werde ihn fragen, ob er in irgendeiner österreichischen Bank einmal zu spät gekommen ist. Jetzt schweigen alle eine Zeitlang respektvoll, vielleicht aber auch nur aus Vorsicht.

Nach einiger Zeit sagt Alexander leise, daß es nicht notwendigerweise eine Hypothek sein müsse, es könnte auch eine Kapitalerhöhung sein und dann die staatliche Konzession. Ja, wortwörtlich sagt er so: Wenn Pšeničnik die Kapitalerhöhung für Limpex ermöglicht, dann kann Limpex Pimpex kaufen, und wir brauchen die Hypothek gar nicht. Und schon gar nicht, sagt er wortwörtlich, wenn wir auch die Konzession bekommen. Aber Miroslav mag seine Wortwörtlichkeit nicht, er findet sie sogar dumm. Deswegen stellt er in aller Kürze klar: Wer, glaubst du, wird dir das Limpex-Kapital erhöhen? Pšeničnik? Vor allem muß Pimpex zuerst Limpex kaufen, Limpex ist Pimpex gegenüber komplementärer als Pimpex gegenüber Limpex. Wenn nämlich Limpex Pimpex verschlingt, verlierst du das gesamte Netz. Deshalb nimmst du eine Hypothek auf das Hotel in Dubrovnik auf, kaufst dem Touroperator die Kapazität für zehn Jahre ab, schließt das Geschäft selbst ab, und fertig, Punkt.

Jetzt wo alles klar ist, kann man sich zu Tisch begeben, Monika nimmt dem Knaben den Teller mit der Pastete aus der Hand, wischt ihm mit einer Serviette den Mund ab, das Abendessen könnte beginnen, aber man wartet noch, vielleicht erscheint Pšeničnik ja doch. Offensichtlich würde Alexander gern noch etwas fragen, aber er bleibt höflich stumm, als er sieht, daß Frau Zdenka sich zu Wort melden will, und die meldet sich auch: Warum lassen Sie den Jungen nicht Leberpastete essen? fragt sie Monika über den Tisch hinweg. Sie ist ganz gesund, hausgemacht. Monika gefällt die Frage nicht, sie wisse schon, warum sie sie ihn nicht essen lasse, und zwar, erklärt sie, weil er dann keine Suppe mehr esse. Frau Zdenka aber gibt nicht auf: Du mußt essen, sagt sie, damit du so groß wirst wie dein Papa. Alle sehen Alexander an. Soll er nur essen, sagt Alexander, ich habe Leberpastete immer gern gegessen. Vorsichtig sieht er zu Monika hinüber und fügt hinzu: Natürlich nur unter der Bedingung, daß du dann die Suppe ißt, du wirst doch die Suppe essen, nicht wahr, Don? Don lehnt sich zurück: Ich mag keine Suppe. Alexander nimmt schweigend seine Niederlage hin, er lächelt sogar und wendet sich Miroslav zu: Das Hotel ist doch noch gar nicht gebaut, wie soll man eine Hypothek darauf aufnehmen? Miroslav lacht und schenkt sich ein Glas Wein ein. Das nennt man Finanz-Engineering. Alexander müßte das jetzt verstehen, aber etwas stört ihn noch immer. Es kostet nichts, zu fragen, sagt er. Frag nur, sagt Miroslav. Und Alexander fragt: Aber was ist dann mit Limpex? Miroslav hat Hunger, hungrige Leute sind wortkarg. Limpex gibt es nicht, sagt er. Trotzdem fügt er geduldig hinzu: Du hast vergessen, daß Pimpex zuerst Limpex kauft, und dann gibt es Limpex nicht mehr. Frau Zdenka fragt, ob sie nicht doch mit dem Essen beginnen sollten, vielleicht hatte Pšeničnik eine Autopanne, der Junge sei hungrig. Er ist nicht mehr hungrig, sagt Monika, und Miroslav lacht. Ich würde ihn zu gern sehen, den Pšeničnik, sagt er, wie er mit der Fliege um den Hals auf der nassen Straße den Reifen wechselt. Alexander lehnt sich zu Miroslav hin und sagt leise: Limpex gibt es nicht mehr, die Hypothek aber schon. Miroslav scheint es ein wenig anstrengend zu finden, die Sache noch weiter zu erklären. Ja, sagt er noch wortkarger, und es scheint, daß er dabei zu bleiben gedenkt. Wenn der Junge nicht hungrig ist, dann bin ich es, sagt er, die Suppe soll gebracht werden. Zdenka geht zur Tür hinaus, Alexander ist noch immer zu Miroslav hinübergebeugt. Was ist mit der Hypothek, fragt er, bleibt es auch bei der Hypothek? Miroslav hat genug vom Hunger und der allgemeinen Unwissenheit. Die Hypothek gibt Pšeničnik, sie wird vom Gewinn des Touroperators abbezahlt, sagt er unwillig. Genial, sagt Alexander. Das Süppchen, ruft Zdenka durch die offene Tür, hinter ihr kommt der Koch mit einer großen Suppenschüssel in den Händen. Endlich, sagt Miroslav. Ich esse keine Suppe, sagt Don. Das wirst du doch, sagt Monika. Iß nur, sagt Alexander, das ist eine gute Suppe. Woher wissen Sie das? fragt Zdenka. Woher wissen Sie, daß sie gut ist? Sie haben sie ja noch gar nicht gekostet.

Jetzt müßte Pšeničnik läuten, alles ist so arrangiert, daß er an der Tür läuten und die Melodie aus „Carmen“ durch die Wohnung schallen müßte, wie sie immer durch das ganze geräumige Haus schallt, wenn jemand läutet, aber Pšeničnik ist nicht da. Alexander wird unruhig, ohne Pšeničnik werden sie nicht erledigen, was zwischen Suppe und Dessert, zwischen Pastete und Eber, zwischen frittierten Kroketten und Schokorouladen hier erledigt werden müßte, er spitzt die Ohren, um die Melodie aus „Carmen“ an der Eingangstür zu hören. Warum spitzen Sie die Ohren? fragt Frau Zdenka. Ich soll die Ohren spitzen? sagt

Alexander und wird rot. Das tu ich bestimmt nicht, sagt er, vielleicht kommt es Ihnen so vor, weil sich mein Kiefer bewegt, während ich diese geschmackvolle Rindssuppe mit Grießnokkerln genieße. Zdenka schaut zum Hausherrn Miroslav, der seine Suppe schlürft und keine Notiz von seiner Umgebung nimmt. Das kommt mir nicht so vor, ich habe gesehen, daß er die Ohren gespitzt hat, sagt sie, kannst du das bitte bestätigen, Miroslav? Miroslav legt den Löffel hin, an seinem Gesicht kann man sehen, daß er am liebsten sagen würde: Verdammt noch mal, kann ich nicht in Ruhe meine Suppe essen? Er aber sagt: Wer spitzt hier die Ohren? Frau Zdenka deutet diskret auf Alexander, der neben ihr sitzt. Jetzt spitzt er die Ohren, sagt sie diskret und beugt sich zu Miroslav, und nach dem Essen wird er aufstoßen. Miroslav scheint das nichts auszumachen. Ist doch nicht schlimm, sagt er, bei den Arabern oder bei den Japanern, ich weiß es nicht genau, ist das eine Frage der guten Manieren, ein äußerliches Zeichen, daß das Essen in seinem Inneren gut war. Frau Zdenka scheint mit dieser Antwort nicht ganz zufrieden zu sein. Frau Monika hat mir gesagt, das sei das Zeichen eines reichen Innenlebens. Jetzt rülpst Don, der die gelbliche Flüssigkeit vor sich feindselig ansieht. Nicht *reich*, sagt Alexander, sondern *stürmisch*, eines stürmischen Innenlebens, mit Verlaub. Monika meint, reich, nicht stürmisch, denn Don hat beim Wort *reich* aufgestoßen und nicht, als Alexander *stürmisch* gesagt hat. Und das sagt sie auch. Alexander atmet tief, er leidet ein wenig an Atemnot, wie nach einer zu langen Übung im Fitnessstudio, oder als hätte er unsichtbaren Staub eingeatmet, schweigend blickt er zu Monika mit einem Blick, der überaus vielsagend ist. Scheiß auf stürmisch, scheiß auf reich, warum habt ihr es jetzt alle auf mich abgesehen? sagt dieser Blick, aber Alexander weiß, daß er nicht hier ist, um sich über derlei Sophismen zu streiten. Er schweigt eine Weile, wie ein Mensch, dem Unrecht widerfahren ist, dann beugt er sich zu Miroslav. Und was, wenn der Touroperator das Hotel nicht mit Buchungen füllt, wenn schlechtes Wetter kommt? fragt er vorsichtig. Wer deckt dann die Hypothek ab? Miroslav zeigt, daß es hier nichts zu überlegen gibt: Pimpex. Der bankrott geht. Dann überlegt er trotzdem. Und wenn es sich nicht ausgeht, sagt er, dann kann man nur beten, daß es da unten wieder einen Krieg gibt. Alexander spitzt wieder die Ohren, worüber Frau Zdenka fast die Nerven verliert, und Miroslav sagt einen Satz, an den er sich aus einem Liedchen erinnert, das er in seiner Kindheit gelernt hat: Was, Knabe, guckst du so verwundert? Bin alt und nicht besonders schön. Dabei denkt er nicht an Don, sondern an Alexander. Dem scheint, daß er nicht verwundert guckt, er ist nur beleidigt, das ist er wirklich: Was willst du damit sagen? Miroslav leert sein Weinglas, fast ex, einen Rest läßt er aber doch im Glas zurück, weil es sonst jemand falsch auslegen könnte. Was wollte ich noch damit sagen? Ach ja, als der letzte Krieg dort unten war, hast du dich ziemlich gut zurechtgefunden, sagt er. Alexander schiebt den Teller mit der Suppe weg, damit man nicht sieht, wie der Löffel in seiner Hand zittert, damit der Löffel nicht am Porzellan klirrt, er greift nach der Serviette und sagt: Monika, ich glaube, daß dieses schöne Abendessen noch vor dem Dessert zu Ende sein wird. Das ist ein sehr gefährlicher Augenblick, denn alle hören, was Alexander nicht hat sagen wollen und dann trotzdem gesagt hat, er weiß selbst nicht, warum: Wolltest du etwa sagen, Waffen, he? Du denkst, ich sei so ein Kriegsgewinnler, verdammt, das denkst du doch. Ich will nicht, daß du das von mir denkst. Nach dieser vehementen Äußerung, die alle gehört haben, obwohl er sie vielleicht überhaupt nicht getan hat, weil er selbst nicht weiß, ob er sie getan hat oder nicht, und die anderen nicht haben erkennen lassen, daß sie die Worte gehört hätten, nach dieser unsichtbaren, das heißt unhörbaren Äußerung sieht es schon so aus, als wollte das schöne Abendessen am

Stadtrand von Ljubljana sein plötzliches Ende finden, aber dann passiert das, worauf schon lange gewartet wird: Draußen lärmt, donnert und dröhnt es, alle wissen, daß das Lärmen, Donnern und Dröhnen das Eintreffen von Pšeničniks großem Automobil verrät. Für kurze Zeit herrscht Stille: Jetzt steigt Pšeničnik aus dem Wagen. In angespannter Erwartung glauben alle seine Schritte auf dem weißen Kies vor dem Haus zu hören, obwohl sie sie nicht hören können, weil alle Fenster mit Lärmschutzglas ausgestattet sind. Die Stille dauert noch ein wenig an, aber dann gibt es keinen Zweifel mehr, denn durch das ganze Haus schallt die Melodie der Glocke. Carmen! Pšeničnik!

Alle stehen auf und gehen zur Tür. Pšeničnik tritt ein. Er wartet nicht draußen, daß ihm jemand die Tür öffnet, er öffnet sie selbst und tritt ein. So ist er. Diejenigen, die ihn noch nicht in natura gesehen haben, sind über seine Bescheidenheit und seine Kleinheit verwundert. Aber so sind die großen Leute, klein. Pšeničnik entschuldigt sich für die Verspätung, er erzählt, daß ihm der Reifen geplatzt sei, er hätte ihn selbst gewechselt, Miroslav meint, das hätte er sich auch gedacht, nämlich daß er das Werkzeug gleich selbst in die Hand nehme, er kenne ihn. Was ist denn schon dabei? sagt Pšeničnik ohne eine Spur Eigenliebe oder gar Eigenlob. Dann gratulieren ihm zunächst einmal alle zum Sieg seiner Mannschaft im Europacup. Na, na, sagt Pšeničnik bescheiden, man kann nicht von meiner Mannschaft sprechen. Es wissen ja alle, daß das unser Team ist, das den Ruhm unserer Heimat einmal nach Karlsruhe, dann nach Pamplona, einmal nach Dagsmark, dann wieder nach Oercy trägt, unser Team, nicht seines, aber alle wissen auch, daß es ohne Pšeničnik diese Siege nicht gäbe, niemals. Daß unsere Fahne, wenn es diesen Mann nicht gäbe, nicht das eine Mal in Dagsmark, das andere Mal in Oercy wehen würde, daß die Hallen von der Ostsee bis zum Ägäischen Meer nicht erbeben würden, daß unsere Hymne nicht angestimmt werden würde, niemals. Es stimmt aber auch, sagt Pšeničnik noch bescheidener, daß wir aus dem Nichts heraus angefangen haben. Alexander, der diesem bescheidenen Menschen noch nie die Hand geschüttelt hat, diesem Pšeničnik, der aus dem Nichts heraus angefangen hat, genauso wie seine Mannschaft, die in der dritten Liga spielte, bis er kam, Alexander fragt ihn jetzt einfach, als er ihm die Hand drückt, er hält sich nicht zurück, denn die Bescheidenheit dieses Mannes ruft nach menschlicher Unmittelbarkeit: Und wo ist Ihre berühmte Fliege? Das letzte Mal habe ich Sie im Fernsehen gesehen, sie stand Ihnen richtig gut. Pšeničnik lächelt. In der Tasche, sagt er, ich habe sie zum Reifenwechseln abgenommen. Und siehe da, zur Verwunderung und Begeisterung aller zieht er ein Silberbändchen aus der Tasche, das – um den Hals gebunden – zur Fliege wird und sonst eben nur ein Bändchen ist und nicht mehr. Aber Pšeničnik zeigt sofort, daß es für ihn keinen Unterschied macht, ob er eine Fliege um den Hals trägt oder nicht. Als ob er sie trüge, deutet er sofort diskret einen Handkuß für Frau Zdenka an, dann geht er mit raschen Schritten zu dem Bild, das an der Wand lehnt, und sagt zu Monika: Ich bewundere Ihre Kunst, gnädige Frau. Und wenn ich recht sehe, ist da aus Ihrem Atelier etwas Neues gekommen. Er stellt sich vor das Bild und kann sich einfach nicht davon losreißen: Phantastisch, sagt er, einfach phantastisch. Er überlegt noch mit der Hand unter dem Kinn und äußert bald darauf laut, was er gerade überlegt hat: Diese Farben, diese Blumen und überhaupt die ganze Komposition. Das Bild erinnere ein wenig an französische Impressionisten, nicht wahr? Woher nehmen Sie das nur, diese Inspiration, diese wundervollen Blumen? So ist auch sofort der Unterschied zu sehen zwischen einem Amateur, der in dem Bild den Einfluß des slowenischen Impressionismus sieht, und dem Kenner, der sofort die Verbindung zum französischen bemerkt. Monika erklärt, sie nehme sie nicht aus der Natur, sondern aus sich selbst. Pšeničnik ist von dieser Erklärung noch entzückter als vom Bild selbst. Aus sich selbst? All diese Blumen blühen in Ihnen? Monika steigt fast die Röte ins Gesicht, und wenn sie eine Anfängerin wäre, würde sie bestimmt erröten, aber Monika ist die Komplimente unternehmerisch tätiger Männer gewohnt, deshalb zieht sie nur bescheiden die Schultern hoch und zeigt ein bezauberndes Lächeln. Frau Zdenka, die ihren Erfolg bei der Erstbeurteilung des Bildes noch nicht vergessen hat, meint, diese Blumen kämen aus dem tiefsten Inneren der Künstlerin, aus ihrer inneren Erregung.

Alle würden noch gern über Monikas Malerei sprechen, aber Pšeničniks Zeit ist begrenzt, Alexander nimmt nur noch so viel davon, um ihm sein Söhnchen vorzustellen, das auch ein Fan seiner Mannschaft sei, zu Hause habe er ein Trikot mit der Nummer 10, nur so viel Zeit nimmt sich auch Pšeničnik, um zu fragen: Wie heißt du denn, Junge? Und als Don keine Antwort gibt, sagt Monika: Nun sag schon, daß du Don heißt. Und es ist nur noch so viel Zeit, daß Pšeničnik noch sagt: Oh, du bist Don? Don Quichote de la Mancha? Dann setzen sie sich rasch zurück zum Abendessen. Pšeničnik sagt, er habe im Grunde genommen nichts versäumt, weil er ohnehin keine Suppe esse, man könne also gleich gemeinsam fortsetzen, er esse nie Suppe zum Abendessen, weil er nach einer Suppe, offen gesagt, Sodbrennen bekomme. Alexander blickt siegreich in die Runde: Wenn Pšeničnik Sodbrennen hat, dann muß er auch aufstoßen, das ist wie das Einmaleins, jetzt muß er nur noch die Ohren spitzen, und er hat ihn. Wie anders, sagt Alexanders Blick, ist es, mit diesem großen kleinen Menschen zusammenzuarbeiten, der bescheiden ist wie er selbst, als mit Leuten, die nur glauben, sie wären groß, in Wirklichkeit aber zwergenhaft sind, und streift dabei mit auf einmal selbstbewußtem Blick den Hausherrn, Miroslav. Daß man hier allerdings nicht über das Aufstoßen reden werde, gibt auch Pšeničnik sofort allen zu verstehen, er will keine wertvolle Zeit vergeuden, schon als der gespickte Eber mit Preiselbeeren hereingebracht wird, fragt er ohne Umschweife: Was machen wir also mit Limpex? Alexander prescht ein wenig unvorsichtig mit der Antwort vor: Ganz einfach, Limpex kauft Pimpex. Miroslav schüttelt den Kopf: Daß es diesem Menschen einfach nicht hineingehen will. Umgekehrt, sagt er, während der Koch noch die frittierten Kroketten auf die Teller legt. Natürlich, sagt Alexander, lapsus linguae beziehungsweise lapsus calami: Pimpex kauft Limpex, Pimpex deckt die Hypothek ab, dabei rechnen wir auf Ihre Bank, Herr Vorsitzender ... Pšeničnik schneidet in den Eber und belegt das Stück Fleisch auf der Gabel mit Preiselbeeren. Lassen Sie den Vorsitzenden, sagt er. Alexander ist ein wenig verwirrt, natürlich, Pšeničnik ist viel mehr als der Vorsitzende dieses und zahlreicher anderer Aufsichtsräte, Pšeničnik ist Pšeničnik, das sagt alles. Sie könnten aber auch das Kapital erhöhen, sagt Miroslav, was sich Alexander niemals zu sagen getraut hätte, es ist ihm fast ein wenig peinlich für Miroslav, der selbst sehr gut weiß, daß Pšeničnik das Kapital nicht erhöhen wird, und sich doch eine derartige Meinung erlaubt. Aber in solchen Dingen ist es Pšeničnik egal, ob es sich um Miroslav oder um Alexander handelt, was Alexander über Miroslav oder Miroslav über Alexander denkt, es ist ihm egal, ob es sich um den Paten oder den Bruder oder die Schwester handelt: Wir werden nicht erhöhen, sagt er schroff. Und beginnt bereits das Fleisch zu kauen. Gut, dieser Eber, verdammt gut, Miroslav, hast du ihn selbst geschossen? Miroslav erklärt, er habe ihn aus dem Hubschrauber geschossen. Aber doch nicht im Nationalpark? fragt Pšeničnik und erhebt drohend den Zeigefinger. Ach wo denn! ruft Miroslav aus. Ich sollte so etwas tun? Und beide brechen in ein kurzes Lachen aus, Miroslav ein bißchen mehr, so daß ihm ein paar Fleischstückchen zurück auf den Teller fallen.

Limpex, sagt Pšeničnik bei einem neuen Stück Eber, hat

siebenhundert Angestellte, nicht wahr? Was wollt ihr mit denen machen? Miroslav und Alexander sehen einander an, es scheint, als würden sie sich zum ersten Mal an diesem Abend verstehen. Pšeničnik hört auf zu kauen, er schluckt das Fleisch hinunter und legt das Besteck auf den Tisch. Was macht ihr denn da? sagt er mit trockener, kühler Stimme. Am Tisch wird es ganz still, nur Don ist zu hören, der in den Schubladen der Rokokokommode herumstöbert. Das ist das gleiche, sagt er, wie im Nationalpark zu schießen. Alle schweigen in der angespannten Stille, in der man eine Nadel zu Boden fallen hören könnte, alle denken über die Verbindung zwischen Nationalpark und Limpex und seine siebenhundert Angestellten nach. Mir sitzt die Öffentlichkeit im Nacken, erklärt Pšeničnik, jeden Augenblick sitzt sie mir im Nacken. Wer das nicht versteht, der versteht gar nichts. Was die Öffentlichkeit angeht, sagt Miroslav, haben wir Bruno. Alexander muß jetzt auch Miroslav ein wenig bewundern: Meinst du Bruno Šlajmer, den Chefredakteur? Miroslav schenkt Pšeničnik ein Glas Wein ein, einen scharlachroten Bordeaux. Bruno weiß, was moderne Wirtschaft ist, sagt er, außerdem arbeitet seine Frau bei Limpex, sie wird nicht auf der Straße landen, bei Pimpex wird sie die Public Relations übernehmen. Jetzt mischt sich vollkommen unerwartet die Künstlerin, Monika, in das Männergespräch ein. Deshalb ist sie nun einmal Künstlerin, damit sie die versammelte Gesellschaft hin und wieder kühn überrascht: Sie wird auf ihre Visitenkarte Pimpex Public Relations schreiben können. Alexander läuft etwas Kaltes den Rücken hinunter, etwas wie Eis. Monika mag sie nicht, versucht er rasch ihre Einmischung in das Fachgespräch zu erklären, weil sie ihre Bilder nicht für irgendein Hotel kaufen wollte, welches Hotel, Monika? Doch Monika läßt nicht locker, aus den Tiefen ihrer künstlerischen Erregung heraus erklärt sie feierlich und mit bebender Stimme: Meine Kunst hängt von keinem Pimpex ab. Und von keinem Limpex. Wie ihr bemerkt habt, habe ich gerade ein Bild als Geschenk mitgebracht. Daraus, daß sich Pšeničnik weiterhin den Eberresten auf dem Teller widmet, kann man schließen, daß er mit dem Gespräch sehr unzufrieden ist. Dafür gerät auch der wortkarge Miroslav in Wut und sagt Monika direkt zwischen die Augen, dorthin, wohin er dem Eber geschossen hat: Und davor habe ich fünf gekauft. Jetzt hängt alles in der Luft, in diesen wenigen Augenblicken kalter Stille wird sich entscheiden, ob mitten in diesem unnötigen und scharfzüngigen Streit Pšeničnik aufsteht oder ob er sitzen bleibt. Pšeničnik bleibt sitzen. Mehr noch, plötzlich beginnt er zu lachen: Wie haben Sie gesagt? Pimpex Public Relations? Und alle fangen an zu schmunzeln, Alexander sieht seine Frau jetzt dankbar an, die Gläser mit dem scharlachroten Bordeaux funkeln fröhlich.

Pšeničnik hat künstlerische Einfälle gern, vor allem wenn es die Einfälle einer so blumenhaften Künstlerdame sind, wie Monika es ist. Deshalb erzählt er Monika auch, was er ihr zuvor verschwiegen hat, daß er sie nämlich vorhin sofort erkannt habe, er habe sie schon bei der Premiere gesehen und könne ihr versichern, daß, so wie sie nicht nur die Malerei liebe, sondern auch das Theater, auch er stolz sei auf die herrlichen Aufführungen. Wir haben ein solches Theater, sagt er, daß wir darauf stolz sein können. Wenn das ganze Wasser über die Bühne fließt, beginnt Pšeničnik in seiner Beschreibung fast zu schwärmen, und sich die Scheinwerfer auf die Hauptdarstellerin richten und eine zwar etwas laute, aber wunderschöne Musik losdröhnt, etwas zwischen Rock und Klassik, dann spüre auch er jene künstlerische Erregung, von der Monika gesprochen habe. Außerdem sei er besonders stolz, weil die Theaterleute auf Festivals siegten, gerade erst wieder in Kolumbien. Schade, sagt er, daß man dort nicht unsere Hymne spielt, wie man sie einmal in Dagsmarkt, ein anderes Mal in Oercy gespielt hat, als meine, das heißt unsere

Mannschaft gewonnen hatte. Doch obwohl er sich ein Gespräch über Kunst wünschen würde, schlage er vor, daß sich die Herren auf der Terrasse einen Kognak genehmigten, bevor die flambierten Amorrouladen auf den Tisch kämen.

Draußen ist eine sternenklare Nacht, ein warmer Frühlingswind umfächelt die Gesichter der drei Männer, Helden unserer Zeit, das Himmelsgewölbe lauscht ihren Worten. Pšeničnik sieht ein wenig verträumt hinauf zu den Sternen und sagt leise: Manchmal, wenn ich allein bin, nach einem anstrengenden Tag, sehe ich zum Himmel empor, zu dem Gewimmel himmlischen Staubs, der auf uns herabfällt. Wissen Sie, daß aus dem Weltall unsichtbarer Staub auf die Erde fällt? Seine nächtlichen Gesprächspartner wissen das nicht. Alexander muß daran denken, daß er manchmal wirklich keine Luft in die Lunge bekommt, zum Beispiel dann, wenn er die Ohren spitzt. Auch Miroslav denkt an seinen Husten, der ihn begleitet, obwohl er nicht mehr raucht, wer würde nicht daran denken, doch das wußte er nicht, natürlich wußte er nicht, daß aus dem All unsichtbarer Staub herabfällt. Pšeničnik fängt an zu lachen. Wie sollten Sie zwei das denn wissen, wenn er doch unsichtbar ist? Er fängt noch lauter an zu lachen. Unsichtbar, sagt er, völlig unsichtbar. Dann schweigt er lange. Macht nichts, sagt er, nur wenige Menschen wissen das ... Aber ich wollte sagen, was noch? ... Ja ... Beim Blick in die unendliche Tiefe des Himmels zittert seine Stimme ein wenig: Wenn ich dort zur Milchstraße, zu den Sternen über uns hinaufsehe, denke ich immer: Weit sind wir gekommen. Aus dem Nichts heraus sind wir so weit gekommen. Miroslav und Alexander sind ein wenig gerührt angesichts dieses persönlichen Bekenntnisses des großen Mannes, angesichts dieses Vertrauens, das er ihnen geschenkt hat, es schnürt ihnen sogar ein wenig die Kehle zu, und der gelbbraune Kognak, der sich zum purpurnen Bordeaux gesellt hat, bewirkt, daß das Erleben dieser intimen

Nähe noch tiefer wird. Obwohl er klein ist, erscheint er dort unter den Frühlingssternen wie ein Riese, als er sich zu ihnen, den seines Vertrauens Würdigen, hinunterneigt und sagt: Wir werden das Kapital doch erhöhen, ich habe es mir überlegt. Miroslav und Alexander werden außer von Bewunderung auch noch vom Gefühl warmer Dankbarkeit durchströmt. Ihr seid vertrauenswürdig, deshalb werden wir den Staatsfonds hinzuziehen, Pimpex wird felsenfest stehen. Miroslav entsinnt sich noch eines Verses aus der Jugend und rezitiert voller Begeisterung und Dankbarkeit: Woraus mag die Brücke sein? Ist so fest wie Stein und Bein! Bei Alexander ist das Gefühl noch stärker, so stark, daß er sich gegen seinen Willen wünscht, diesem Menschen, der den Kopf in den Sternen, die Füße aber fest auf dem Heimatboden hat, die Hand zu küssen. Und er ergreift wirklich seine weiche Hand, führt sie an die Lippen und küßt sie, und weil das noch nicht genug ist, weil er spürt, daß dieser Kuß noch lange nicht all das Dankbare, Stürmische und Reiche, das in seinem Inneren vorgeht, ausgedrückt hat, will er ihm auch noch die Hand lecken. Pšeničnik zieht die Hand zurück: Na, na, sagt er, ich habe ja noch nicht alles gesagt. Uns, das heißt mir, werden einundfünfzig Prozent gehören. Miroslav zuckt zusammen. Und das, wo wir ganz Pimpex einbringen? Von Limpex, das gesäubert in Pimpex übergeht, gar nicht zu sprechen. Alexander, dessen stürmisches Gefühl der Dankbarkeit ebenso verebbt, sagt schüchtern: Wir gedachten Sie mit neunundvierzig zu belohnen. Pšeničnik preßt die Lippen zusammen und sieht ihn an, als wollte er sagen: Was fällt denn diesem Trottel ein? Er dreht sich zu Miroslav um und sagt: Was fällt denn diesem Trottel ein? Der will mich belohnen? Miroslav versteht, daß das auch ihm zugedacht ist, auch er ist dieser Trottel, der ihm keine einundfünfzig, nicht einmal neunundvierzig geben würde, in seinen Eingeweiden braut sich etwas zusammen, ein Kloß Wut, der in die Kehle drängt, unwillkürlich denkt er an die Pistole, die er in der Schublade aufbewahrt. Dieser Trottel versteht nicht, daß er staatliche Gelder bekommt, sagt Pšeničnik durch die zusammengepreßten Zähne und die schmalen Lippen, erklär ihm das, Miroslav. Miroslav denkt noch immer an die Pistole, doch er lächelt und erklärt: Das werde Pšeničnik an oberster Stelle erledigen. Pšeničnik wendet seinen Blick wieder nach oben, dorthin, wo die Sterne in der Milchstraße rauschen. Ja, sagt er leise, ganz oben. Alexander nickt etwas niedergeschlagen. Was kann man machen, sagt er, da heißt es *take it or leave it*. Miroslav hämmert sich die Pistole aus dem Kopf und sagt: In Ordnung. Einundfünfzig.

In diesem Augenblick kommt die aufgeregte Frau Zdenka auf die Terrasse gelaufen und ruft: Eine Pistole! Miroslav wundert sich, wie die Pistole aus seinem Kopf mitten in die gerade beendete Geschichte auf die Terrasse geflogen kommt. Pšeničnik wird blaß: Was für eine Pistole? Frau Zdenka ringt die Hände: Das Kind hat Miroslavs Pistole aus der Schublade genommen. Alle drei laufen ins Wohnzimmer, Pšeničnik stellt langsam den Kognak ab und geht nur zur Tür, um zu sehen, wie sich alles entwickelt. Wo ist Don? ruft Alexander. Unter dem Tisch, sagt die bleiche Monika mit Tränen in den Augen, er spielt mit einer Pistole. Mit einer richtigen? fragt Alexander, was etwas ungewöhnlich ist, denn wozu der ganze Lärm, würde er nicht mit einer richtigen Pistole spielen? Keine Angst, keine Angst, keine Angst, sagt Miroslav vor sich hin, sie ist nicht geladen, sie ist nicht geladen, springt jedoch sofort zurück, als Don die Pistole auf ihn richtet, vielleicht ist sie ja doch geladen. Alexander tritt jetzt in die Vaterrolle: Don, komm sofort heraus. Don fällt es nicht im Traum ein herauszukommen. Don, das ist kein Spielzeug, sagt Alexander, das ist eine richtige Pistole. Gib mir die Pistole, Donnylein. Monika nimmt Alexander an der Hand: Sag nicht Donnylein zu ihm, das regt ihn auf.

In der Tür erscheint der Koch, auf dem Servierwagen schiebt er ein großes Tablett voller Amorrouladen vor sich her. Als er das Kind mit der Pistole erblickt, weicht er schnell zurück, so daß die Türflügel gegen den Servierwagen mit den Rouladen knallen, aber das Tablett kippt nicht um, hier kippt nichts um, hier geht nichts zu Bruch, auch die Pistole wird nicht losgehen, keine Angst, wiederholt Miroslav noch immer. Monika hat eine Idee: Don, du wirst nie wieder Rindssuppe essen müssen, sagt sie. Er hat doch gar keine gegessen, sagt Frau Zdenka. Monika sieht sie wütend an. Er hat keine gegessen, was richtig ist. Und es wird dich auch nie wieder jemand zwingen, Don, Rindssuppe, Hühnersuppe, Gemüsesuppe, gleich, welche Suppe zu essen, sagt sie. Versprochen. Don kriecht nun unter dem Tisch hervor, mit Pastete beschmiert, denn Pastete hat er gegessen, und er wird noch mehr essen, so viel er möchte, auch auf der Tischdecke kann er sie verschmieren, wenn er will. Don hält noch immer die Pistole in der Hand, alle weichen zurück, Pšeničnik versteckt sich hinter der Tür, während Don an dem an der Wand lehnenden Blumenstück vorbei durch den großen Raum geht und die Pistole in die Schublade wirft, aus der er sie genommen hat. Alle atmen auf, Frau Zdenka zischt wütend Miroslav an: Paß du besser auf, wo du deine Kanone aufbewahrst. Pšeničnik kommt hinter der Tür hervor. Früher hatten wir ein Jagdgewehr einfach unter dem Bett, sagt er, aber diesmal wird ihm keine große Bewunderung zuteil, niemand fragt ihn, wann und wo sie Jagdgewehre unter den Betten aufbewahrt hätten, alle sind einfach irgendwie zufrieden, daß es so gut ausgegangen ist. Komm, sagt Monika, daß Mama dich ein bißchen waschen kann, während Alexander seinen Sohn in Schutz nimmt, er muß nicht gewaschen werden, jetzt wird er Rouladen essen. Es könnte genausogut sein, daß Don sagt: Ich will keine Roulade essen, aber er sagt nichts, er setzt sich schön an den Tisch, und alle anderen setzen sich auch hin, der Koch fährt den Servierwagen herein, übergießt das Tablett mit einer Flüssigkeit. Wartet, ruft Frau Zdenka, läuft zur Tür und macht alle Lichter aus, jetzt, ruft sie. Der Koch fährt mit einem Feuerzeug zum Tablett, zuerst steigt eine hohe Flamme auf, dann sinkt sie rasch auf der Oberfläche aus Schokolade und Eis zusammen und brennt schön leise mit einem niedrigen, ruhigen bläulichen Leuchten, so daß alle entzückt dieses Bild betrachten, das sie an das Knistern von Buchenscheiten, an die Schönheit des heimischen Herdes erinnert.

Bald darauf verabschiedet man sich laut im geräumigen Hof, der weiße Kies knirscht unter den Ledersohlen, Autotüren fallen zu, und als auch die Gastgeber zusammen mit dem Koch im hellen Inneren verschwunden sind, wird es still. Selbst der warme Frühlingswind verbirgt sich in den Wipfeln der schlanken Zypressen, die die Umgebung des bunten Hauses schmücken. Es ist Nacht, aus der Kühle der Milchstraße hoch oben am Himmel rieselt sehr feiner, für Menschenaugen unsichtbarer Staub auf die Erde, der sich auf die Dächer, Bäume, Straßen und Plätze der Stadt legt und die ganze schöne Landschaft bedeckt, in der ihre zufriedenen Bewohner leben. Das ist der Staub des leichten Schwachsinns, der jede Nacht fällt und den tagsüber der Wind verweht.

[Die Prophezeiung]

Mitten an einem friedlichen Augustvormittag entdeckte Anton Kovač an der Innenseite der Toilettentür eine Aufschrift, die ihm das Blut in den Adern gefrieren ließ. Vom entfernten Kasernenhof, vom *Kreis,* wie der Appellplatz genannt wurde – wenngleich er nicht verstand, warum man dazu *Kreis* sagte, wo er doch ein großes Rechteck war –, hallten die lauten Befehle und die Tritte der dicken Stiefelsohlen vom Asphalt wider, die neuen Rekruten übten unter der heißen Sonne den Paradeschritt. Hier hingegen, in der Kabine Nummer 17, war es kühl und still, wie es in der ganzen Reihe der leeren, vor kurzem gesäuberten Toiletten still war. Anton Kovač, ein *Altgedienter,* wie man sagte – bis zur Entlassung aus dem Militärdienst fehlte ihm noch ein Monat –, arbeitete in der Bücherei, er brauchte nicht mehr zu exerzieren, deshalb konnte er sich mitten am Vormittag das Sitzen auf der WC-Muschel mit einer Zeitung in den Händen erlauben. Schon lange hatte er keine Toiletteninschriften mehr gelesen. Als er noch *Fasan* war, wie man zu den Rekruten sagte – er hatte nie herausgekriegt, weshalb –, hatte er die vulgären Einfälle noch mit Interesse gelesen, die Namen der Mädchen aus irgendwelchen fernen Gegenden – die, Nutten, die sie waren, herumhurten, während hier Blut geschifft wurde –, das Stöhnen über die Anzahl der Tage, die noch abzudienen waren, alle möglichen, oft mit Geschlechtsorganen illustrierten Botschaften. Jetzt war er ein professioneller Leser, Bibliothekar, einige Zeit lang hatte er mit dem Gedanken gespielt, sich die geistreichsten Graffiti zu notieren und eine kleine Anthologie von Toilettenliteratur anzulegen, das heißt eine Anthologie der Sehnsucht nach dem Zivilleben, eine Anthologie der Eifersucht, der Melancholie, der heftigen kleinen Feindschaften, der Eingebildetheiten, der kleinen Hinterhältigkeiten und Sarkasmen, hatte diesen Gedanken aber bald wieder verworfen. Der balkanische Soldatenwortschatz war pittoresk und vielfältig, aber er hatte ein einziges archaisches Leitmotiv, das Ficken hieß, manchmal wortwörtlich, häufig aber allegorisch, man fickte alles, von Müttern und Schwestern bis zu Brüdern und Großvätern, von Hunden und Katzen bis zu Begriffen wie Trauer und Freude, von Pflanzen bis zu Gegenständen, jemand schrieb, ich ficke dir die Hausnummer. Die Menge und die Gleichförmigkeit der Toilettenkreativität hatten längst begonnen ihn zu langweilen. Gleich als er in diesen Räumen längere Zeit verbringen durfte, als er kein *Fasan* mehr war, kehrte er zu der festen Gewohnheit aus dem Zivilleben zurück – zur Zeitung. Nie nahm er ein Buch mit auf die Toilette, das schien ihm irgendwie ungehörig, und zwar nicht nur weil er Bibliothekar war. Er war auch ein leidenschaftlicher Leser, Bücher waren für ihn Gefäße des Geistes, wenigstens die meisten, Kelche der Weisheit, Fässer der Trunkenheit, das alles waren Zeitschriften nicht.

Als er an jenem Augusttag den Blick von der Zeitung hob, erblickte er unter den zahlreichen Schriften und Zeichen plötzlich eine Aufschrift, die auch nicht ohne das bekannte Leitmotiv war, doch war ihre Botschaft so unerhört, so blasphemisch und auch so gefährlich, daß ihm das Blut in den Adern gefror. Mit blauem Kugelschreiber hatte jemand an die rechte Türseite, fast schon an die Wand, mit schiefen Buchstaben in serbokroatischer

Sprache geschrieben, was Anton Kovač nie mehr vergessen sollte und was er sich Jahre später so in sein Slowenisch übersetzte:

Gras wirst du essen, König von Jugoslawien,
Esel werden dich ficken in den dicken Arsch.

Der erste Gedanke war: Weg von hier. So schnell wie möglich raus aus diesem Raum. Ihm war, als hörte er das Ticken einer Höllenmaschine, die sein Leben vernichten konnte. Schon wollte er aus der Tür stürzen, doch er verhielt. Würde ihn jemand aus der Kabine 17 kommen sehen, gehörte er sozusagen schon zu den Verdächtigen. Er lauschte. Vom Gang her war nichts zu hören außer dem Rinnen von Wasser aus einem kaputten Hahn. Und das Schlagen seines Herzens irgendwo in der Kehle. Vom *Kreis* her war das scharfe Befehlen zu hören und dann Stiefelschläge auf dem Asphalt. Es hörte sich an wie eine Maschinengewehrgarbe, die *Fasane* verstanden noch nicht zu marschieren, es hätte sich anhören müssen wie ein einziger Schritt, nicht aber wie dieses prasselnde Trippeln, so gingen Schafe. Ein einziger Schritt, er erinnerte sich einer Losung, die an die Wand der Kaserne geschrieben war: *Wir alle sind Dein Schritt.* Ein neuer Befehl brachte das Marschieren im *Kreis* wieder zum Stehen. Er hörte den jungen Leutnant, der den Soldaten erklärte, wie sie die Beine zu heben und mit dem Stiefel gegen den Boden zu schlagen hätten, *daß dir die Eier abfallen.*

Anton Kovač trat auf den Gang mit den Waschbecken hinaus, er war leer. Am liebsten wäre er gelaufen, aber er wusch sich ruhig die Hände, dann zwang er sich zu langsamem, leichtem Gang, der schon von weitem jeden wissen ließ, daß dort der *Altgediente* ging, nämlich immer langsam, mit nachlässig geschlossenem Wehrgehänge und der Kappe hinter dem Gürtel statt auf dem Kopf. Er machte einen Bogen um den diensthabenden Soldaten, der am Gewehrständer lehnte.

Als er die Bücherei betrat, gähnte er gelangweilt, als wäre in seinem langweiligen Soldatenleben schon lange nichts mehr passiert. Und seufzte. Für einen Moment schien ihm, daß er hier in Sicherheit sei, der ältere Offizier, ein Feldwebel, der die Soldatenbücherei leitete, drehte an den Knöpfen des Rundfunkempfängers, sein Kollege, Professor Trule, der so wie er hier den letzten Monat seines Militärdienstes verbrachte, tippte auf der Schreibmaschine.

– Was gibt's, Anton? sagte Trule, ohne den Blick zu heben. Hast du die Zeitung ausgelesen?

Anton Kovač hätte ihn gern zwischen die Bücherregale gerufen und ihm erzählt, was er gerade gelesen hatte. Der Professor, genannt Trule, aus Belgrad stammend, und er waren sich in der letzten Zeit nähergekommen, beide ertrugen diesen letzten Monat nur schwer, mehrere Male waren sie zusammen in der Stadt gewesen, hatten der fülligen Kaffeehaussängerin in dem kurzen Röckchen zugehört und sich ein wenig betrunken. Trule war ein ernster junger Mann, ein schweigsamer Gelehrter mit tadelloser Soldaten- und Bibliothekarsdisziplin, nur bei den Sonntagsausgängen in die Stadt lockerte er sie manchmal und stürzte schweigend ein paar Gläser Schnaps hinunter. Anton Kovač glaubte ihm anvertrauen zu können, welch Schrecken, welche Zeitbombe in der Stille und Kühle der Kabine Nummer 17 lauerte. Trotzdem vertrieb er den Gedanken im Nu. Was zwei wissen, wissen alle.

– Nichts, sagte er. Nichts Neues, wie immer.

Er setzte sich an den Tisch und begann damit, Buchtitel auf Karteikarten zu schreiben.

– Es ist heiß, sagte der Feldwebel, schaltete das krächzende Radio aus, trat ans Fenster und öffnete es sperrangelweit. Dort hämmerten die *Fasane* noch immer ihre Stiefel in den Asphalt.

– Ein Lied! schrie der Leutnant unten im *Kreis*. Die einzelne helle und reine Stimme eines jungen *Fasans* stimmte im stampfenden Rhythmus der Stiefel ein Lied an, die Hymne der Artillerie:

Wir sind die Artillerie,
wir sind die Armee,
wir schützen die Grenzen
und Marschall Tito.

Und der Chor der Marschierenden stimmte feierlich in den Refrain ein:

Tito ist der Marschall,
Tito das Genie,
Tito ist der Kommandant
der ruhmreichen Armee.

Anton Kovač mußte daran denken, wie oft er selbst dieses Lied gesungen hatte, bevor er den richtigen Marschtritt beherrschte. Hundert Mal? Jedenfalls so oft, daß er die Bedeutung der Worte gar nicht mehr kannte. Jetzt wurde ihm auf einmal bewußt, wie groß diese Worte waren, in welch schrecklichem Gegensatz sie zu jener Parole standen, die er kurz zuvor gelesen hatte. Er dachte auch an den dreisten, verrückten Menschen, der sich getraut hatte, das hinzuschreiben. Wer sich so etwas traut, der könnte in der Kaserne auch eine Handgranate werfen.

Er schlief unruhig, jedesmal, wenn der Diensthabende im großen Schlafsaal einen neuen Soldaten zur Feuerwache weckte, schreckte er hoch. Im Dämmer des Halbschlafs sah er, wie eine unsichtbare Hand an die Wand des Schlafraums Buchstabe um Buchstabe einer schrecklichen Schrift schrieb: *Gras wirst du essen, König von Jugoslawien* ... Der zweite Teil der Inschrift war so obszön, daß sich Anton Kovač überhaupt nicht erlaubte, ihn vor sich erscheinen zu lassen, jedesmal zuckte er mit den Lidern und fing an, fieberhaft nachzudenken. Wenn der zweite Teil des Toiletten-Graffitos auch ein vulgärer Ausdruck der Feindschaft gegenüber dem Oberbefehlshaber war, war er auf seine Art doch harmlos, denn seine Diktion paßte zu allen anderen Variationen über alle Arten von Penetration, die auf diesen Türen von oben bis unten wucherten. Das konnte jeder geschrieben haben. Aber warum dieses Gras? Das war etwas Geheimnisvolles. Er erinnerte sich eines schlechten Witzes, den er in einem Gasthaus gehört hatte: Ein armer Kerl sitzt an einer Straße, auf der hohe Funktionäre vorbeifahren, und ißt Gras. Der erste Funktionär gibt ihm einen Zehner, der zweite noch mehr Geld, als aber neben ihm im schwarzen Mercedes der Marschall in der weißen Uniform hält, gibt er ihm nichts und sagt statt dessen: Warum ißt du es nicht dort, wo es sauber und frisch ist? Nein, es ging nicht. *Gras wirst du essen* ... Warum? Und wenn man wußte, wer der König von Jugoslawien war, warum dann in solch erhabenem, irgendwie biblischem Ton: *Gras wirst du essen, König von Jugoslawien.* Vielleicht bedeutete das, daß er umgebracht wird, mit dem Gesicht im Gras ...? Anton Kovač überfielen in dieser Nacht die schrecklichsten Gedanken. Das Allerschlimmste aber war, daß gerade er dieser Tat verdächtigt werden konnte. Mehrmals war er einfach deshalb in Kabine Nummer 17 gewesen, weil sie fast immer die sauberste war. Jetzt wußte er, warum. Weil alle, die einmal dort drinnen gewesen waren, diesen Raum das nächste Mal mieden. Nur er war so ein Trottel gewesen, jeden Vormittag dort hineinzugehen. Wie ein Mörder zu dem Leichnam, der darauf wartete, endlich entdeckt zu werden. Er dachte, daß er genaugenommen schon verdächtig war. Auch jeder andere konnte verdächtigt werden, aber wo jeder verdächtigt oder sogar beschuldigt werden konnte, konnte auch er es werden. Erst gegen vier Uhr morgens, als die letzten diensthabenden Soldaten von der Feuerwache zurückkamen, schlief er noch für die zwei Stunden ein, die noch bis zur Tagwache verblieben waren. Morgens sah er sich unwillkürlich um, ob jemand die Kabine Nummer 17 betreten würde. Solange er in der Nähe war, ging niemand hinein.

Die nächsten Tage durchlebte er in der Bücherei in unaufhörlicher leichter Spannung. Er fühlte, daß etwas geschehen mußte, daß eine Tür aufgehen, daß ein Sicherheitsoffizier eintreten und fragen würde: Wer hat das geschrieben? Aber das passierte nicht. In der Bücherei herrschte Frieden. Der Offizier drehte am Knopf des Rundfunkempfängers, das tat er immer, wenn er da war, ansonsten ging er hauptsächlich seinen Verrichtungen nach. Sein Kollege, Professor Trule, war wortkarg, er saß über seine Papiere gebeugt. In jenem August bereitete er sich schon auf seine Arbeit an der Universität vor. Unter dem Haufen von Papieren hatte er das Alte Testament, das er stets hervorzog, wenn der Feldwebel die Tür hinter sich geschlossen hatte und er sich seinen Aufzeichnungen widmen konnte. Im Herbstsemester beabsichtigte er über biblische Themen in der Weltliteratur vorzutragen. Professor Trule hieß in Wirklichkeit Milenko Panić, aber das wußte in dieser Artilleriekaserne in Südserbien schon lange niemand mehr, er war für alle Professor Trule oder meistens nur noch Trule.

Seinen neuen Namen hatte er bald nach dem Einrücken bekommen. Er war noch *Fasan*, weniger als einen Monat bei den Soldaten, als sich während eines Morgenappells Major Stanković vor ihm aufbaute und die offenen Knöpfe an den Taschen seines Hemdes ins Auge faßte. In der linken Hemdtasche steckten zwei Kugelschreiber. Major Stanković war ein entschlossener, aber freundlicher Mensch, seine gedrungene Gestalt mochte manchem gefährlich erscheinen, man hätte bei ihm an eine angriffsbereite Bulldogge denken können, in Wirklichkeit aber verbarg sich in ihm eine gutmütige, immer zu einem Scherz aufgelegte Natur. Deshalb hatten ihn die Soldaten gern. Aber Panić war es trotzdem nicht gerade angenehm, als er sich vor ihm aufbaute.

– Was ist das? sagte der Major und zeigte auf die beiden Kugelschreiber, die aus der Tasche herausragten. Panić zuckte mit den Schultern, und der Blick des Majors streifte den für das unsoldatische Aussehen seines Soldaten verantwortlichen jungen Leutnant, der ganz starr vor Angst daneben stand.

– Was das ist, habe ich gefragt, wiederholte der Major.

– Zwei Kugelschreiber, Genosse Major, antwortete Panić stramm.

Es war augenblicklich still. Das war keine gute Antwort gewesen, alle sahen, daß dort zwei Kugelschreiber steckten, der Major hätte wütend werden können. Aber er wurde nicht wütend, er sah Panić nur eine Zeitlang regungslos an.

– Ich dachte, sagte er dann langsam, es wären Orden.

Er lächelte, der Leutnant lachte vor Erleichterung laut auf, und die ganze lange Reihe der Soldaten tat es ihm nach.

– Und was bist du in Zivil, Soldat?

– Professor, sagte der Leutnant.

– Ihn habe ich gefragt, sagte der Major.

Panić sah sich um, als wäre er ein wenig verlegen, an die hundert Soldaten und eine Anzahl Offiziere warteten auf seine Antwort. Er erklärte, er sei klassischer Philologe, er habe Latein und Griechisch studiert.

– Was willst du damit? fragte der Major.

Panić gab keine Antwort.

– *Pa to so ti neki truli jezici*[1], lachte der Major fröhlich, und das ganze Heer brach in einvernehmliches lautes Grölen aus, daß es von den Kasernenmauern widerhallte. Panić wurde rot. „Truli" hieß faul, verfault, und faule, verfaulte Sprachen waren tot, unnötig und lächerlich, wie es das alte verfaulte Jugoslawien gewesen war, das hatten wir in der Schule gelernt, das verfaulte Jugoslawien, das zugrunde gehen mußte, damit das neue, sozialistische Jugoslawien entstehen konnte. Panić wollte antworten,

1 Serbokroatisch: „Das sind doch bloß verfaulte Sprachen."

daß es nicht schön sei, so von der lateinischen und der griechischen Sprache zu reden, von Dingen, denen er sich während seines ganzen Lebens zu widmen beschlossen hatte. Aber er überlegte es sich, er wollte nicht noch einen Scherz des gutgelaunten Majors hören. Er schluckte die Spucke hinunter. Major Stanković schritt die Formation zufrieden ab, und Professor Milenko Panić stand mitten unter all den Soldaten allein und beschämt da, ein Professor für verfaulte Sprachen.

Noch am selben Vormittag wurde er *Professor Trule,* am Abend, als sie des Frozzelns überdrüssig geworden waren, war er dann nur noch *Trule* gewesen, und dabei war es geblieben.

Der neue Name, mit dem er sich nie anfreunden konnte, brachte ihm nicht geringe Schwierigkeiten ein. Wer einen solchen Spottnamen trägt, den er überdies unter allgemeinem Gelächter bekommen hat, wird automatisch zum Ziel täglichen Schabernacks und zum Objekt kleinerer Schikanen, ihm gegenüber nimmt man sich Vertraulichkeiten heraus. Wer kann kein Gewehr auseinandernehmen? Der Professor für verfaulte Sprachen. Wer wird morgen die Latrinen putzen? Professor Trule. Je finsterer sein Gesicht wurde, desto mehr Spaß hatten sie mit Professor Trule. Eines Nachts machten sie mit ihm das „Fahrrad". Das war eine beliebte nächtliche Unterhaltung beim Militär. Dem Schlafenden wurde ein Stück Papier zwischen die Zehen gesteckt, das dann angezündet wurde. Wenn sich die heiße Flamme der Haut näherte, fing das Bein automatisch an zu treten, je mehr sich das Feuer den Zehen näherte, desto schneller wurde das „Fahrrad". Erst wenn der Schmerz wirklich heftig wurde, erwachte der Betroffene mit entsetztem Blick und sah entgeistert in die grölenden Gesichter. Trule hatte ein paarmal „radfahren" müssen, gerade deshalb, weil er Professor für verfaulte Sprachen war. Erst als sie ihn zusammen mit Anton Kovač der Bücherei zugeteilt hatten, konnte er ein wenig aufatmen.

Sofort warf er sich auf das Studium. Und jedesmal wenn der Offizier, der die Bücherei und ihren Berg an marxistischer Wissenschaft, Partisanen-Geschichtsschreibung und vaterländischer Literatur leitete, verschwunden war, zog er unter dem Haufen Papier die Vulgata hervor und begann sich konzentriert in ihre Geheimnisse zu vertiefen. Das verkürzte ihm die Stunden und Tage bis zu seiner Entlassung, mit jeder Seite, die er umdrehte, war er seinem Zuhause näher und vom verhöhnten Professor Trule weiter entfernt.

Seine Ruhe war ansteckend. Noch ein paar Tage zuckte Anton Kovač jedesmal zusammen, wenn sich die Tür der Bücherei öffnete, dann kehrte er neben diesem stillen Menschen langsam in sein früheres Leben der Kasernenbücherei und in die Erwartung der Entlassung zurück. Bald hatte er den gefährlichen Toilettenraum fast vergessen, auch wachte er nicht mehr andauernd auf, und auch die unsichtbare Hand schrieb nicht mehr die Schrift an die Wand des Schlafraums. Während seiner vormittäglichen Verrichtungen in den Räumen, deren Besuch nun einmal nicht völlig zu vermeiden war, bemerkte er, daß die Kabine Nummer 17 noch immer von niemandem benutzt wurde. An einem Vormittag faßte er Mut und öffnete die Tür. Sofort sah er, daß die Schrift noch immer da war. Er fuhr zurück wie vor einer Schlange.

Der August ging in den September über, bis zur Entlassung waren es nur noch vierzehn Tage. Am Sonntag besuchten er und Trule einige Lokale in der Stadt, sie hörten Zigeunermusik und kehrten mit dem Klang der Trompeten im Ohr in ausgelassener Stimmung in die Kaserne zurück. Das war der vorletzte Sonntag.

Und es brach auch der vorletzte Montag an. Er begann mit Gerenne auf den Gängen und mit scharfen Befehlen, die Anton Kovač durch den Kopf schnitten, der noch immer ein wenig benebelt war vom sonntäglichen Schnaps und den Zigeunertrompeten. Durch eine Ansammlung von Körpern, die sich auf dem Gang um die Stiefel drängelten, ging er zur Toilette. Sie war geschlossen, vor der Tür stand eine Wache und erklärte, die Toilette sei defekt, er solle eine Kabine in einem anderen Kasernentrakt benutzen. Anton Kovač wußte, daß die Toilette nicht defekt war, warum war schon jemals wegen so etwas eine Wache aufgestellt worden? Er ging Richtung Bücherei und traf auf dem Gang Trule.

– Die Bücherei ist geschlossen, sagte er, wir müssen alle zum Appell.

– Was geht vor? fragte Anton Kovač vorsichtig.

– Was vorgeht? sagte Trule. Eine große Scheiße, das geht vor. Und das zwei Wochen vor Schluß.

Sie zogen die Riemen stramm, wichsten mit raschen Bewegungen ihre Stiefel, Anton Kovač fischte im letzten Moment die Kugelschreiber aus Trules Hemdtasche und steckte sie ihm in die Hosentasche. Es wäre nicht gut, würde der gutmütige Major Stanković an einem solchen Morgen wieder vor ihm stehen bleiben. Dann liefen sie mit der Herde, die in einer Stampede den Gang hinunterstürmte und die Stufen übersprang, zum Appellplatz.

Im *Kreis* herrschte eine unheilvolle Stille, auch die letzten Soldaten hatten sich im Laufschritt in ihre Truppen eingereiht. Aus dem Kommandogebäude kam eine Gruppe Offiziere mit Major Stanković an der Spitze. Der Offizier vom Dienst befahl scharf: Stillgestanden! Die gedrungene Gestalt des Majors, die für gewöhnlich Gutmütigkeit und Sinn für Humor ausstrahlte, wirkte jetzt finster und gefährlich. Er betrat die kleine Tribüne, hinter ihm nahm das Offizierskorps Aufstellung. Der Sicherheitsoffizier, ein Hauptmann, trat ans Mikrofon und testete es: Eins, zwei, drei, funktioniert. Er trat zurück und machte Platz für den Kommandanten. Major Stanković trat mit langsamen Schritten ans Mikrofon, biß sich auf die Oberlippe, einige Augenblicke sah es so aus, als überlegte er, was er überhaupt sagen sollte. Ein kalter Septemberwind zog von den nahen Bergen über die Köpfe der schweigenden Soldaten.

– Wir sind die Volksarmee Jugoslawiens, sagte der Major dann mit leiser Stimme, die in den Lautsprechern scharf wurde, fast metallisch.

– Wir verteidigen dieses Land und seine Ordnung. Unser Oberkommandierender ist Marschall Tito, der diese Armee in blutigen Schlachten erfolgreich über die Berge des Balkans zu Sieg und Freiheit geführt hat.

Er schwieg, damit die Soldaten über diese Sätze nachdenken konnten.

– Aber in dieser Armee gibt es Leute, die das nicht ehren, was uns das Heiligste ist. Mehr noch, die bereit sind zu feindlichen Handlungen gegen die Brüderlichkeit und Einheit und unsere Freiheit.

Der Wind trug seine Worte bis in die letzten schweigenden Reihen. Mit den Armen auf dem Rücken machte er ein paar Schritte auf dem Podium.

– Wir haben keine Könige mehr, sagte er dann plötzlich. Die Könige sind untergegangen, wie auch das alte, verfaulte Jugoslawien untergegangen ist.

Er sah seinen Sicherheitsoffizier an, der bleich war wie eine Wand. Und sagte, als wäre der Offizier dafür unmittelbar verantwortlich:

– In unserer Kaserne sind feindliche Aufschriften aufgetaucht, das ist alles, was ich fürs erste sagen kann. Wir haben es mit zersetzender Tätigkeit zu tun. Denn wer so etwas schreibt – Anton Kovač wußte, was er sagen würde –, wer so etwas schreibt, ist in Kriegszeiten auch fähig, eine Handgranate zu werfen. Oder das Gewehr gegen seine Kameraden zu richten. Wir werden das nicht erlauben. Wir werden diese einzelnen und Gruppen ausfindig machen und sie vor ein Militärgericht stellen. Weitere Anweisungen erfolgen in den Einheiten.

Der diensthabende Offizier befahl:

– Auf der Stelle – rührt euch!

Die Untersuchung begann. Für den Anfang mußten sich alle Soldaten, Zug um Zug, in die Bänke des Lehrsaales setzen. Der junge Leutnant legte mit schlanken zitternden Fingern vor jeden ein Blatt Papier und einen Kugelschreiber. Er zündete sich eine Zigarette an und diktierte einen vorgefertigten Text. Es war ein altes Märchen, das mit der Beschreibung einer grasbewachsenen Landschaft begann, über die ein Mann auf einem Esel ritt, Esel weideten auch auf dem Gras, vorbei zog mit seiner Begleitung ein König, jedenfalls kamen im Text an mehreren Stellen die Wörter *Gras, König, Jugoslawien, Esel, du wirst essen* vor. Anton Kovač begann bei jedem dieser Wörter die Hand zu zittern. Sie darf nicht zittern, dachte er, der Graphologe wird auch feststellen, wem bei welchem Wort die Hand gezittert hat. Neben ihm saß Trule und schrieb völlig ruhig die Sätze hin, die der Leutnant sehr langsam diktierte und die er auch öfter wiederholte, denn nicht allen im Lehrsaal ging das Schreiben so leicht von der Hand. Anton Kovač dachte, wie viele der Burschen wohl wußten, was hier vor sich ging. Die Kabine 17 war sauber und leer, viele hatten sie gemieden. Er dachte, ob Trule das wohl wußte, und auf einmal tat es ihm leid, daß er ihn nicht danach gefragt hatte. Er hätte zumindest einen Zeugen gehabt, der hätte bestätigen können, daß nicht er es gewesen war. Wenn er den Kollegen gefragt hätte, ob auch seine Augen gesehen hätten, was er gesehen hatte, dann konnte seine Hand das dort an der Tür ja nicht geschrieben haben. Aber dann wäre mit Sicherheit die Frage des Sicherheitsoffiziers gefolgt, warum er das nicht gemeldet habe. Ob er denn

Marschall Tito nicht liebe, wie ihn alle liebten? Anton Kovač liebte ihn in Wahrheit nicht. Hätte er ihn geliebt, hätte er vor nichts Angst haben müssen. Er hätte diese feindliche und abstoßende Tat einfach gemeldet. So aber hatte er sie verschwiegen und war damit zum Mittäter geworden.

In dieser Nacht erschien ihm an der Wand des Schlafsaals wieder die schreckliche Schrift, in seinem irren Traum kam es ihm vor, als glühe sie ihm in den Augäpfeln, als würde sie aus seinen Augen an die Wand projiziert, er konnte ihr nicht entkommen.

Am nächsten Tag wurde keine Ausforschung feindlicher Individuen oder Gruppen in der Kaserne gemeldet. Beim Frühstück hieß es, man habe einen Albaner arretiert, bei ihm hatte man angeblich scharfe Munition gefunden, die er während der Wache gestohlen hatte. Jemand sagte, er würde so einen vor ein Erschießungskommando stellen, der verdiene an Ort und Stelle den Schuß. Aber Anton Kovač wußte, daß das die üblichen Gerüchte waren, mit denen sich die jungen Soldaten die Zeit verkürzten. Im *Kreis* verbreitete sich vor dem Morgenappell dann die Neuigkeit, daß eine Sonderübung in Vorbereitung sei. Das war wahrscheinlicher. Darüber, warum diese Untersuchung überhaupt lief, sprach niemand.

Am Vormittag kam der Sicherheitsoffizier in die Bücherei und fragte, ob sie etwas Ungewöhnliches beobachtet hätten, einen Soldaten, der sich merkwürdig benommen habe. Er fragte, welche Bücher man ausleihe und wer. Der Feldwebel, der Leiter der Soldatenbücherei, der anscheinend mehr erschrocken war als die beiden Soldaten, antwortete hastig. Hier habe nichts passieren können, er verlasse die Bücherei nie. Der Offizier sah Anton Kovač in die Augen und fragte ihn, wie oft er sie verlasse, ob er vormittags mal auf die Toilette gehe. Jawohl, antwortete der mit hämmerndem Herzen, aber immer mit der Erlaubnis des Herrn Feldwebel. Der Feldwebel bestätigte das, und der Sicherheitsoffizier gab sich fürs erste damit zufrieden. Dann hob er langsam die einzelnen Blätter von dem Haufen Papier ab, der vor Professor Trule lag. Anton Kovač wußte, daß darunter die Vulgata lag. Trule war ruhig, saß regungslos da und blickte finster. Als der Offizier das letzte Blatt hob, war darunter nichts. Das Alte Testament und seine Aufzeichnungen hatte der Professor noch rechtzeitig beiseite gebracht. Anton Kovač atmete auf. Eine neuerliche Komplikation wegen der Heiligen Schrift konnte niemand brauchen, schon jetzt reichte es völlig.

Am Abend war *Alarm,* in voller Kampfausrüstung wurden sie in den kalten Regen hinausgetrieben, den der Wind von den Bergen gebracht hatte, sie marschierten zu dem etwa fünfzehn Kilometer entfernten Übungsgelände, dort setzten sie die Gasmasken auf und warfen sich in den Schlamm. In die Kaserne kehrten sie erst gegen Morgen zurück und fielen in die Betten. Aber schon um zehn Uhr vormittags begannen sie den Stechschritt zur Hymne der Kanoniere zu üben. Niemand durfte im Lehrsaal oder in der Bücherei bleiben, Anton Kovač schienen diese zehn Tage, die ihn noch von der Entlassung trennten, unendlich. Bei Ausnahmezustand, das wußte er, konnte sich die Dauer des Militärdienstes verlängern.

Zu Mittag schien wieder die Sonne, in der Pause lag er im Gras hinter der Kantine, streckte die schmerzenden Beine aus, die den Stechschritt nicht mehr gewohnt waren, zündete sich eine Zigarette an, sah in die Wolken und wünschte sich, bald von hier wegzukommen, nach Möglichkeit am nächsten Tag. Er stellte sich den gedrungenen Major Stanković vor, wie er über den *Kreis* gegangen kam, sich zu ihm herabbeugte und sagte: In der Kleiderkammer erwartet dich die Zivilisation, du kannst gehen.

Zivilisation war noch ein Wort, das ihm nicht ganz klar war, es bedeutete Zivilkleidung, die man von zu Hause geschickt bekommen hatte. Aber das waren nur angenehme Mittagsgedanken, von den Wolken gebracht, die über das Tal der Morawa hinweg in die Berge des Balkans eilten und weiter, die einen dem Ägäischen, die anderen dem Schwarzen Meer entgegen.

Um fünf Uhr nachmittags hieß es wieder zum Appell antreten. Sie marschierten im *Kreis* und sangen: *Tito ist der Marschall, Tito das Genie* ... Und je mehr sie mit den Stiefeln aufstampften, desto mehr bohrte die Frage: Wer hat das geschrieben? Wen würde man entdecken? Und obwohl bis dahin überhaupt noch nicht gesagt worden war, was sie suchten, was für eine Zersetzung, und obwohl keiner der Soldaten zu irgendwem gesagt hatte, er hätte in der Toilette eine Aufschrift gesehen, hatte Anton Kovač das Gefühl, die Marschkameraden mit seinen Augen geradezu auf den Text hinzustoßen. Wie bei einem Begräbnis, wenn man plötzlich lachen muß, so blitzte bei jedem Schritt ein Buchstabe von der Toilettentür auf, auf jeden Marschall, von dem sie sangen, kam das Gras, das er essen würde, der König Jugoslawiens, auf jedes Genie der Esel, der den Armeekommandanten, verfluchter Gedanke, in den Arsch, noch verfluchter, in den dicken Arsch ficken würde. Während der Wache, die er ebenfalls wieder schieben mußte, bei den Hangars mit den Haubitzen, Kaliber 155, zu einer Stunde, wo noch die Sterne am Himmel standen und über den Bergen schon der Tag schimmerte, wünschte er sich, daß sie ihn kriegten. Sie sollten ihn kriegen, damit Schluß wäre mit dieser Unsicherheit, selbst wenn er vor ein Kriegsgericht käme, sie sollten ihn kriegen. Später schämte sich Anton Kovač dieses Gedankens, ein Militärgericht war keine harmlose Sache, aber in diesem Moment war er schon so weit mit den Nerven, daß er diesem Idioten das Militärgericht, den Bau, was immer, an den Hals wünschte. Letzten Endes würde er seinetwegen in dieser Kaserne hängen bleiben. Und Trule würde ein Semester verlieren, wenn nicht sogar ein ganzes Jahr. Wie hatte er nur, überlegte er wütend, wie hatte der unbekannte Schmierfink nur so wüste Provokationen loslassen können mitten in der Armee, die von allen gefürchtet wurde, auch von den Bewohnern des eigenen Staates, und die deshalb, weil sie gefürchtet wurde, auch geliebt wurde, so wie auch ihr Kommandant gefürchtet und zugleich geliebt wurde, der Marschall, das Genie.

Die Kaserne, von der er damals dachte, daß er nie mehr aus ihr herauskommen würde, hat er dann doch ein paar Tage nach Ende der Wehrdienstzeit verlassen. Es hatte den Anschein, daß sie zuerst die überprüften, die vor der Entlassung standen, doch deren gab es nicht wenige, und die Sache zog sich hin. Dann aber lief die Zeit mit jener Geschwindigkeit, die uns immer wieder verblüfft, wenn wir innehalten. Die Jahre vergingen Anton Kovač sogar schneller als jene letzten paar Tage in der Kaserne im Süden Serbiens, obwohl er damals gedacht hatte, jede Stunde sei der Ewigkeit verwandt. Diese Schrift, vor allem aber die durch sie ausgelöste Angst, hatte er irgendwohin tief an den Grund der Erinnerung geschoben. Ein einziges Mal hat er Freunden davon erzählt, was ihm dort weit im Süden widerfahren war. Sie fanden das sehr lustig. Aber weil sie am lustigsten fanden, daß ausgerechnet er und kein anderer erschrocken, die Hose abgeknöpft, mit der Zeitung angetroffen worden war – es war die Belgrader „Politika" –, hat er es nie wieder erzählt. Die Menschen sind in ihrem Herzen mißgünstig, am meisten sind es die Verlegenheiten eines anderen, eine Peinlichkeit oder etwa ein Mißgeschick unter unglücklichen Umständen, die sie zum Lachen bringen, so etwa das „Radfahren". Wer hätte überhaupt Anton Kovač und seine Not verstehen können, die er in den letzten Tagen seines Militärdienstes in der Volksarmee durchzumachen gehabt hatte? Deshalb vergaß er lieber alles zusammen, er wollte es vergessen. Und außerdem kamen neue Ereignisse heran, alles war eine Zeitlang aus dem Gleis, der Marschall war gestorben, der große Staat war kurz darauf zerfallen, die Armee, die ihn hätte verteidigen sollen, hatte sich aufgelöst, niemand marschierte mehr im *Kreis* und sang die Hymne der Kanoniere. Als er auf dem Fernsehschirm die brennenden Balkandörfer sah und das Donnern der 15,5-cm-Haubitzen hörte, dachte er manchmal an die Offiziere der ruhmreichen und unüberwindlichen Armee. Wo waren sie jetzt, welche Uniformen trugen sie? Er dachte an den jungen Leutnant mit den schlanken Fingern – wo zündete er sich jetzt seine Zigarette an? –, an den faulen Feldwebel aus der Kasernenbücherei – der war wohl schon in Pension gegangen –, an Major Stanković – welche Armee befehligte er, zu wem sprach er vom Podium? Alles war so fern. Und als der Krieg vorbei war, war es noch ferner und immer undeutlicher, unkenntlicher in den Nebeln der Erinnerung.

An jenem Tag sah Anton Kovač im Fernsehen vor einem Gerichtstribunal einen Mann mit aufgesetzten Kopfhörern sitzen, er erklärte, er sei nicht schuld an den Massakern an der Zivilbevölkerung. Sein Gesicht kam ihm irgendwie bekannt vor. Dann zeigte die Kamera denselben Mann in Militäruniform. Man sah eine gedrungene Gestalt mit aufgekrempelten Ärmeln. Irgendwelchen armen Zivilisten versicherte er mit gutmütigem Lächeln, es werde ihnen nichts geschehen. Neben ihm stand eine Gruppe Offiziere und Soldaten, die dann diese Menschen zusammen mit ihren Bündeln in Autobusse trieben. Anton Kovač überkam eine Ahnung, dieses Gesicht hatte er schon gesehen, war das nicht der gutmütige, aber in einem bestimmten Augenblick auch finstere und gefährliche Major Stanković? Damals hatte er schwarzes, jetzt hatte er graues Haar. Jetzt stieg ihm zum ersten Mal wie in einer großen Welle, vom tiefen Grunde des Vergessens herauf, die ganze Geschichte ins Bewußtsein, jedes Detail. Nicht die Fernsehaufnahmen hatten ihn erschüttert, ihn schüttelte die längst vergessen geglaubte Angst aus den kalten Gängen der Kaserne weit im Süden.

In der Nacht sah er im Halbschlaf wieder die unsichtbare Hand, die etwas an die Wand schrieb. Er dachte, daß diese Toilettenaufschrift genaugenommen eine Art Prophezeiung gewesen war. Prophezeiung? Menetekel? Plötzlich war er hellwach. Er stand auf, zog sich an und fuhr mitten in der Nacht zu der Bibliothek, wo er in der Titelaufnahme arbeitete. Er machte in seinem Büro alle Lichter an, wie auch in seinem Kopf alle Lichter brannten. Er suchte die Heilige Schrift, er wußte, wo das Menetekel zu finden war. Im Buche des Propheten Daniel, dort schreibt eine unsichtbare Hand *mane thekel phares*[2], wie es in der Vulgata heißt, an die Wand. Mit zitternden Fingern glitt er über die Seiten: ... *sein Herz ward gleich einem von Tieren. Bei den Wildeseln war seine Bleibe, Gras gab man ihm zu essen ...* Der babylonische König wurde von seinem Hof vertrieben, unter den Eseln mußte er leben, Gras mußte er essen, ein Tierherz hatte er ... Und noch: Der babylonische König ... *vor ihm fürchteten und scheuten sich alle Völker, Leute und Zungen. Er tötete, wen er wollte; er ließ leben, wen er wollte; er erhöhte, wen er wollte; er demütigte, wen er wollte ...*

Der babylonische König, dachte Anton Kovač, natürlich, natürlich, das war die Botschaft, der König von Jugoslawien ist der König von Babylon ... *Also wurden hergebracht die goldenen Gefäße, die aus dem Tempel, aus dem Hause Gottes zu Jerusalem, genommen waren; und der König, seine Gewaltigen, seine Weiber und Kebsweiber tranken daraus. Und da sie so soffen, lobten sie*

2 Daniel 5, 25: Mene, Mene, Tekel, Upharsin.

die goldenen, silbernen, ehernen, eisernen, hölzernen und steinernen Götter.

Und jetzt sah er ihn, den Professor für verfaulte Sprachen, wie er nachts durch den Gang ging, oder vielleicht während der Vormittagsarbeit in der Kasernenbücherei mit seinen in der Hemdtasche steckenden Kugelschreibern. Nachlässig grüßt er den von der Feuerwache auf dem Gang, betritt die Toilette, geht hinunter zum Ende der langen Kabinenreihe, als er sieht, daß er allein ist, tritt er ein, löst für alle Fälle den Gürtel, nimmt den Kugelschreiber ... *Eben zur selben Stunde gingen hervor Finger wie von einer Menschenhand, die schrieben auf die getünchte Wand in dem königlichen Saal ... mane thekel phares ...* was bedeutete, und Professor Trule wußte es genau: ... *Gott hat dein Königreich gezählt und vollendet ... man hat dich in einer Waage gewogen und zu leicht gefunden ... dein Königreich ist zerteilt und den Medern und Persern gegeben.* Er hatte auch von dem Schicksal gewußt, das ihm, dem babylonischen König, in Daniels Buch bestimmt wird: *Bei den wilden Eseln war seine Bleibe, Gras gaben sie ihm zu essen wie dem Vieh, der Tau des Himmels netzte seinen Leib ...* Wie er ihn gehaßt hatte, den dicken und zügellosen König, wie ihn mein Freund gehaßt hatte, der schweigsame Bibliothekar, der Professor für verfaulte Sprachen. Er hatte die Prophezeiung für ihn an die Toilettentür einer Kaserne in Südserbien geschrieben, er hatte sie nicht anders schreiben können als in der vulgären Variante, vermutlich damit man ihn nicht entdeckte, vor allem aber damit ihn alle verstanden. Schrecklich, wie das Menetekel für den babylonischen König war, konnte die Prophezeiung unter diesen Umständen nur in der Form sein und wirken, in der sie der Professor Milenko Panić hingeschrieben hatte, sein stiller Freund, der seine Verkrampfung nur dann ablegen konnte, wenn sie Schnaps kippten.

Anton Kovač löschte das Licht, schloß die Tür der Bibliothek und fuhr in die Nacht hinein. Lange fuhr er durch die Straßen von Ljubljana. Vielleicht hatte er ihn nicht gehaßt, den babylonischen König, dachte er, vielleicht hatte er sich nur für die kleine Erniedrigung gerächt, weil er der Professor für verfaulte Sprachen, der von allen verspottete Trule hatte werden müssen. Vielleicht wollte er nur zeigen, daß er ihnen eine Botschaft aus seiner „verfaulten" Sprache in ihre militärische, lebendige Sprache übersetzen konnte. Anton Kovač blickte in den Rückspiegel, ich habe schon ziemlich viele graue Haare, auch du hast sie, Trule, dort in Belgrad, oder wo immer du bist, Major Stanković hat sie, ich habe ihn im Fernsehen gesehen. Schrecklich war deine geheimnisvolle Prophezeiung, Trule, und wahr. Aber jetzt ist alles vorbei, schon heute interessieren alle diese uralten Königreiche und ihre Armeen niemanden mehr, morgen werden wir so oder so vergessen sein, und niemand wird solche Geschichten mehr verstehen.

[Zwei Träumer]

In einer Sommernacht sitzen zwei junge Freunde in einem Gastgarten und träumen.

– Am liebsten wäre ich Kellner, sagt der erste, ein junger Mann in abgetragenem, aber gebügeltem Anzug, auch sein Haar ist sorgfältig gekämmt.

– Kellner? sieht ihn der andere verwundert an, ein Bursche mit rundem Gesicht, der in offenem Hemd mit aufgekrempelten Ärmeln am Tisch sitzt. Du bist nicht dein eigener Herr, wenn du Kellner bist.

– Natürlich bist du dein eigener Herr, wenn du Kellner bist, sagt der erste und rutscht auf dem Stuhl nach vorn und lehnt sich zurück. Und was für einer. Du trägst einen sauberen leichten weißen Anzug, wenn du tagsüber im Garten arbeitest. Und am Abend, im Salon, trägst du einen schwarzen, dazu ein weißes Hemd und Fliege.

Er rutscht noch weiter nach vorn, verschränkt die Finger im Nacken und heftet seinen Blick auf die Sterne über der pannonischen Ebene. Durch die offenen Fenster der Hotelkegelbahn sind die Stimmen betrunkener österreichischer Infanterieoffiziere zu hören. In der sommerlichen Samstagnacht erzählen sie sich von ihren Liebchen in Wien, wie sie um diese Stunde von ihren Näherinnen und Dienstmädchen in die Kadettenanstalt zurückgekehrt sind. Der junge Mann betrachtet die hellen Sterne über der weiten pannonischen Ebene und denkt, daß er nicht Kellner wäre in diesem langgezogenen Dorf, zu dem sie Stadt sagen, er wäre Kellner in Wien, in einem Hotel mit goldenen Stukkaturen und Kristalleuchtern, und seine Schuhe aus weichem Leder würden in dicken Perserteppichen versinken.

– Und ich hätte gern eine Kegelbahn, sagt der Bursche mit dem runden Gesicht. Du brauchst nichts zu tun, sagt er, du kassierst und öffnest die Weinflaschen, das ist alles.

Um sie herum herrscht die pannonische Nacht, in ein paar Stunden wird es anfangen zu dämmern. Die Vögel werden erwachen, und ihr Zwitschern wird die betrunkenen Offiziere ins Bett geleiten, dann wird es zur ersten Sonntagsmesse läuten, überall werden die Gänse anfangen zu schnattern und sich zu ihren Tümpeln aufmachen, und dann wird, so weit das Auge reicht, ein langer, langer pannonischer Tag unter glühender Sonne anbrechen, Staub wird unter den Sohlen staubiger Schuhe aufsteigen, Staub, der sich im Herbst in Schlamm verwandeln wird, in dem die Füße einsinken und den man nie zur Gänze wegbringt.

Der erste der beiden jungen Männer reißt den Blick von den Sternen los, löst die Finger, setzt sich auf, als wäre er aufgewacht. Aus der Jackentasche nimmt er einen Kamm und kämmt sich, obwohl seine Frisur tadellos ist.

– Eine Kegelbahn? sagt er fast wütend und zeigt zu den Fenstern, aus denen jetzt der laute Wortwechsel von Offizieren zu hören ist. Das willst du?

Der rundgesichtige Bursche zuckt mit den Achseln. Ihm fällt nichts Besseres ein. Natürlich ist die Kegelbahn, wo sie den ganzen Abend gearbeitet haben, nicht der schönste Ort auf dieser Welt, aber wenn er der Besitzer wäre, würden andere die Kegel aufstellen, er würde nur die Weinflaschen aufziehen und das

Geld abkassieren. Den ganzen Abend haben sie Kegel aufgestellt. Abwechselnd haben sie auf dem Stuhl am Ende der langen Bahn gesessen, wo die Kugeln angeflogen kamen und gegen die Holzfiguren knallten. Nach drei Würfen mußte immer an einem Strick gezogen werden, damit sich die Kegel wieder aufstellten. Das funktionierte allerdings selten, denn die Stricke an den Kegeln verhedderten sich regelmäßig, unentwegt mußte man aufstehen und sie entwirren und zugleich die Kugeln rasch über den Holzlauf zurückschicken. Mitten im Wettkampffeuer wurden die Offiziere in den durchgeschwitzten Hemden mit den hochgekrempelten Ärmeln gern nervös, wenn sie zu lange mit einem neuen Wurf warten mußten. An diesem Abend war es nicht nur einmal passiert, daß einige dieser kampfbereiten Männer, die noch nie in einem Krieg gewesen waren, mit hochgekrempelten Ärmeln zum Kegelaufsteller kamen und ihm eine Ohrfeige verpaßten. Es hatte schon lange keinen Krieg mehr gegeben, höchstens mal ein Manöver, sonst nur pannonische Ruhe, Schlamm und Staub und am Samstagabend das Kegeln und das Durchsaufen bis zum Sonntagmorgen. Die Burschen stellten abwechselnd die Kegel auf und bekamen Ohrfeigen. Manchmal schickte ein Offizier genau dann eine Kugel, wenn der Bursche gerade dabei war, die Stricke zu entwirren, einfach so, zum Spaß. Haubitze, rief er, Feuer! Ein Geschoß, das die Bahn entlangpfiff, sie kannten diesen Ton, bei dem man sofort wegspringen mußte, und sie kannten das huronische Gelächter, das den Aufprall der dicken Kugel an der Wand begleitete.

– Wer einem Aufsteller eine Ohrfeige verpassen würde, sagt der junge Mann mit dem runden Gesicht ernst, der würde automatisch vom Spiel ausgeschlossen. Ich würde Regeln erlassen, sagt er mit plötzlichem Eifer, die jeder studieren müßte. Auf meiner Kegelbahn würde Ordnung herrschen. Und wenn Feierabend ist, ist Feierabend, sagt er und deutet mit dem Kopf zu den offenen Fenstern hinüber, wo die Offiziere aufgehört haben zu streiten und jetzt in lautes Gelächter ausgebrochen sind. Und nicht so was, sagt er.

Während des Redens hat er Wein in beide Gläser eingeschenkt. Aber die Gläser bleiben auf dem Tisch stehen, in dieser Nacht ist beiden nicht nach Wein.

– Gut, sagt der erste, dann hab deine Kegelbahn. Heirate ein dickes Weib, das dir eine Gans zum Mittagessen brät.

Der Rundliche lächelt.

– Dick werden sie erst, wenn sie eine Zeitlang verheiratet sind, sagt er. Du weißt ja, wenn sie Kinder kriegen und diese Sachen, dann nehmen sie zu.

Sie schweigen eine Weile, vielleicht denken sie an die Mädchen, die in dieser Sommernacht bei offenem Fenster schlafen, aufgedeckt, auch sie wird in ein paar Stunden der Vogelgesang wecken.

– Ich gehe von hier weg, sagt der erste, in den Augen den Widerschein der blauen Sterne, in die er lange geschaut hat.

– Wohin willst du denn? Es ist überall dasselbe, sagt der andere und trinkt einen Schluck ab. Überall fallen Ohrfeigen, sagt er bitter, obwohl der Wein süß ist.

– Ich muß, sagt der erste und sieht zu den lärmenden hellen Fenstern hinüber. Ich kann keine Kegel mehr aufstellen, ich werde etwas Neues versuchen. Ich habe schon dies und das ausprobiert, sagt er. Ich habe ja wie du auch bei Meister Karas gelernt, damals wurden die Lehrlinge noch geschlagen. Heute ist das nicht mehr so. Heute wirst du nur noch wegen der Kegel geschlagen. Ich habe Schlosser gelernt, und nachts habe ich gelesen. Anstatt zu schlafen, habe ich unter der Decke gelesen. Ich habe mir Bücher gekauft. Natürlich hatte ich kein Geld, ich habe sehr wenig verdient. Ich habe hier und da heimlich einen Schlüssel angefertigt, das konnte ich schon. Nachts bin ich herumgegangen, ich habe so manche Tür geöffnet, auch manche Kasse.

Beide lachen laut auf. Sie lachen lange, als der erste aufhört, lacht der andere noch, als der andere aufhört, prustet der erste wieder los und zieht den anderen mit sich. Hinter den Fenstern der Kegelbahn verstummen die Stimmen. Eine Gestalt, den Offiziersrock über die Schulter geworfen, kommt ins Licht getorkelt und schüttet ein Glas Wein aus dem Fenster.

– Ruhe da draußen, ruft die Stimme, und aus dem Inneren ist das dröhnende Gelächter der Infanterieoffiziere zu hören. Die Gestalt torkelt wieder zurück ins Innere.

Der junge Mann fährt mit gedämpfter Stimme fort:

– Und dann habe ich Bücher gekauft. Nicht nur nachts, auch tagsüber habe ich gelesen. Ich habe an der Bohrmaschine gestanden und Sherlock Holmes gelesen, ich habe gelesen und den Bohrer abgebrochen.

Wieder lachen sie, nicht zu laut.

– Und ihn, den Meister Karas, brachte der Teufel genau in dem Augenblick daher, als der Bohrer brach. Und er schlug mich. Ja, er verpaßte mir eine solche Ohrfeige, daß ich Sterne sah. Da hatte ich die Nase voll. Ich schmiß all die Bohrer hin, steckte Sherlock Holmes in die Tasche und ging. Und er schickte mir die Polizei hinterher. Dann kam der Polizist, und ab ins Gefängnis. Wie findest du das: Ich kriege die Ohrfeige, und er steckt mich ins Gefängnis, ganz einfach. Das war am Morgen, als sie mich erwischten, und zu Mittag ging die Zellentür auf. Der Meister hatte mir ein Mittagessen geschickt. Ein reichhaltiges Essen. Ich erinnere mich, es war Kraut mit Dörrfleisch. Ich erinnere mich, daß ich mich bekleckert habe, so hastig und heißhungrig habe ich gegessen. Schade war es um das Hemd.

– Er war trotzdem ein guter Mensch, sagt der Bursche mit dem runden Gesicht. Siehst du, sagt er, wäre ich bei Meister

Karas geblieben, hätte ich später einmal vielleicht meine eigene Werkstatt gehabt. Das ist besser als Kellner sein.

– Ich sage ja nicht, daß ich Kellner werde, sagt der erste junge Mann und fährt sich mit der Hand durchs Haar. Vielleicht werde ich so etwas wie zum Beispiel Jurica. Er war Stabsfeldwebel, hatte immer irgendwelche Medaillen, solche aus Blech, von Franz Joseph. Dienstmedaille oder so. Er ist mit diesen Medaillen durch die Straßen von Zagreb spaziert. Als ich noch ein Kind war, habe ich mir gewünscht, wie Jurica zu sein oder Kellner.

Er macht sich wieder lang auf dem Stuhl, verschränkt die Finger im Nacken und sieht zu den Sternen hinauf.

– Ich weiß nicht, was sein wird, sagt er nach einer Weile. So kann es jedenfalls nicht bleiben. Ich werde gehen. Du bleib hier, wenn du willst.

Der rundliche Bursche sieht ihn eine Zeitlang an, dann sagt er: Gehen wir schlafen, Joža, es wird Morgen.

In der Ferne dämmert es, in den Kronen der Bäume rings um den Gastgarten melden sich die ersten Vögel. Hinter den hellen Fenstern fängt jemand an zu singen, ein böhmisches Klagelied, die anderen Stimmen schreien darüber, dann fangen alle zusammen an ein Soldatenlied auf deutsch zu singen, sie schlagen mit den Fäusten auf die Tische und trampeln mit den Füßen auf dem Boden, sie singen abgehackt, ohne innere Anteilnahme, in dieser pannonischen Ebene hört sich selbst ein Kampflied an wie das Schnattern einer verlorenen Gans.

Die Freunde stehen auf, trinken im Stehen aus und stellen die Gläser auf den Tisch. Als sie vom Garten auf die Straße treten, ist der Kirchturm über den Dächern des Städtchens schon vom ersten morgendlichen Sommerlicht beschienen. Bald wird es läuten, die Gänse werden zu ihren Tümpeln streben, frühe Frauen zur ersten Messe, noch später wird es ein heißer Tag werden, Staub wird unter den Rädern des Wagens aufsteigen, mit dem mitten am Tag ein junger Mann von ordentlichem Äußeren, Josip Broz, zum entfernten Bahnhof fahren wird, der, der sich in dieser Nacht, so wie in der Kindheit, gewünscht hat, Kellner zu werden. Viele Jahre danach wird er durch diesen Ort in einer Limousine mit Polizeieskorte fahren, sein Gesicht, das dann von Millionen erkannt werden wird, die einen werden ihn lieben, die anderen hassen, doch alle werden ihn fürchten, er wird dann dicklich und übellaunig sein. Dicklich vom langjährigen Regieren und übellaunig wegen der staubigen und löcherigen Straße, auf der man ihn inmitten von Staubwolken fährt, und des widerlichen Rüttelns wegen, das auch die weichen Sitze, in die er versenkt sein wird, nicht werden verhindern können. Vielleicht wird er an seinen Freund denken, mit dem er hier die Nacht unter den pannonischen Sternen verbracht hat, an den Freund, der jenen heißen Sommertag verschlafen hat und am Abend Kegel aufstellen gegangen ist. Vielleicht wird er unerwartet die Autokolonne anhalten lassen – wie er das, wie seine Biographen schreiben, zur Überraschung und zum Ärger der Sicherheitsleute oft getan hat –, um nach dem Freund aus seiner Jugend zu fragen.

[Massnahmen zur Förderung der männlichen Schaffenskraft]

Als Lešnik eintrat, dachte er zuerst, sie sei Russin. Sie saß auf dem Bett, vorgebeugt, und war dabei, sich einen dicken Strickstrumpf anzuziehen. In dem düsteren Raum war es kalt, obwohl es im Kanonenofen, über dem ein rotes Licht blinzelte, unter der Asche gloste. Es war ein kalter Herbst, schon die ganze Woche hatte es genieselt, in der Ferne grummelte es dumpf, draußen war Schlamm, kein Raum ließ sich warm kriegen. Sie stand auf, um ein Stück Holz auf die Glut zu werfen, aber Lešnik kam ihr zuvor. Vielleicht aus Verlegenheit, noch nie war er in einer solchen Situation gewesen, wie sollte er auch, als sie ihn von der Landwirtschaftsschule in Maribor geholt und in die Uniform gesteckt hatten, war er kaum zwanzig gewesen. Mit geübten Bewegungen schob er die Asche zur Seite, warf ein paar Scheite auf die Glut und entfachte sie, so daß eine winzige Flamme aufschoß und rasch das Holz anfraß. Danke, sagte sie auf deutsch und sah ihn erst jetzt an. Er glaubte immer noch, sie wäre Russin, obwohl sie sich auf deutsch bedankt hatte, dachte aber bei sich, daß sie mit dem Kastanienhaar, das sie aufgelöst über den Schultern trug, auch ein Mädchen aus seiner Gegend sein konnte. Sie mochte nicht viel älter sein als er, allerdings waren ihre Bewegungen langsam und müde, mit ihrem hohlen Blick und den langsamen

Bewegungen wirkte sie älter. Mit dem Kinn deutete sie zum Tisch, auf dem eine Flasche mit einer durchsichtigen Flüssigkeit stand, vermutlich Wodka. Er machte einen Schritt nach vorn, um sich mit dem Feuerwasser ein wenig aufzuwärmen, vielleicht auch, um sich ein wenig Mut anzutrinken, so sagt man wohl. Lešnik hätte nicht sagen können, ob er verlegen war, obwohl er sich in Wahrheit den Wodka nur eingießen wollte, um die Verlegenheit zu überspielen, er war zum ersten Mal in einer solchen Situation. An Mut fehlte es ihm nicht, schon vor einem Jahr hatte er das Eiserne Kreuz bekommen, weil er einen Kameraden aus einem brennenden Panzer gerettet hatte. Er war auf den Panzer gesprungen, hatte den nach brennendem Leder und schwelender Haut stinkenden Mann herausgezogen, ihn in seinen Mantel gewickelt und ihn im Gras und Schlamm gewälzt. Allerdings hatte er ihn nicht retten können, der Panzerfahrer starb später im Lazarett an den Verbrennungen, trotzdem hatte sich Lešnik das Eiserne Tapferkeitskreuz verdient, noch jetzt hatte er es in der Pappschachtel, in der er seine Papiere aufbewahrte. Lešnik war keineswegs ein furchtsamer junger Mann, trotzdem würde er ein Glas Wodka trinken, vielleicht um seine Verlegenheit zu überspielen und das Ganze zu beschleunigen. Doch am Tisch sah er, daß sich in dem Glas neben der Flasche schon etwas Flüssigkeit befand, jemand hatte den Wodka nicht bis zur Neige ausgetrunken. Er stand da mit dem Schnapsglas in der Hand und dachte, daß er nicht jemandem nachtrinken werde, obwohl er in seinem Soldatenleben ganz andere Dinge gewohnt war, als jemandem den Schnaps nachzutrinken, aber jetzt würde er niemandem nachtrinken, der in der Eile einen Schluck Wodka ungetrunken gelassen hatte. Er stellte das Glas auf den Tisch zurück. Was ist denn? fragte sie, von der er zuerst gedacht hatte, sie wäre Russin, aber ihr Deutsch war nicht russisch, das hörte er heraus, er hatte gut Deutsch gelernt in diesen zwei Jahren. Was ist denn? fragte sie auf deutsch. Ist es das erste Mal? Er brauchte nicht zu antworten, sie wußte, daß es das erste Mal war, sie nahm das Glas vom Tisch, goß den Rest Wodka in das Waschbecken und wusch es unter dem Wasserstrahl aus. Sie stellte es wieder auf den Tisch. Fünfzehn Minuten, sagte sie. Als sie für einen Moment neben ihm stand, strömte ihm der Geruch warmer Haut, süßen Parfüms entgegen. Trotzdem schenkte er sich nicht ein. Sie setzte sich aufs Bett und sagte: Komm. Er zog die Feldjacke aus, der Mantel war auf dem Gang geblieben, in einer Art Warteraum, von wo das Lachen der wartenden Soldaten hereindrang, er streifte die Stiefel von den Füßen und setzte sich zu ihr.

Das war irgendwo bei Minsk, in der Ferne grummelten die schweren russischen Haubitzen, die versuchten, ihre Sperrlinie zu zerschlagen, um so Platz zu schaffen für die Panzer und die Infanterie. Aber das war weit weg, Lešnik wußte, daß sie dann nahe sein würden, wenn die Feldgeschütze zu hören wären, und ganz nahe, wenn auch das Pfeifen der Granatwerfer zu hören war. Jetzt war es wie ein Donnergrollen über der Ebene, irgendwo in der Ferne hinter den weißrussischen Wäldern. Es war irgendwo bei Minsk, als er überrascht entdeckte, daß das Mädchen seines Alters, aber müden Aussehens, aus seiner Gegend war. Sie hatte ihn nicht gefragt, woher er sei, wohin würde sie wohl kommen, wenn sie mit jedem plauderte und ihn nach seinem Namen oder sogar nach seiner Gegend fragte, sie hat ein Wort auf slowenisch gesagt, Lešnik kann sich nicht erinnern, welches, wieder hat er zuerst gedacht, sie wäre Russin, russische und slowenische Wörter sind sich ähnlich, dann hat er sie auf slowenisch gefragt, ob sie Russin sei, eine Russin hätte das verstanden: Si ti mogoče ruska ...? Er versuchte sich zu erinnern, wie es hieß ... ženščina ... devčina? Die junge Frau, die sich jetzt wieder die dicken Strickstrümpfe über die Beine zog, sah ihn überrascht an. Du sprichst Slowenisch, sagte sie auf slowenisch. Da hat er gelacht, erinnert sich Lešnik, und ihr erzählt, daß er vom Draufeld stamme, daß sie dort einen Hof hätten, daß man ihn auf der Landwirtschaftsschule mobilisiert habe, im letzten Jahrgang, und dann hat auch sie gelacht, zuerst hat sie gelacht, dann ist sie auf einmal in Tränen ausgebrochen, sie hat geweint und gelacht, mit dem Strickstrumpf in der Hand. Sie war aus L. am Bachern, er werde nicht sagen, woher, und er werde ihren Namen nicht sagen, aber den Berg, von dem sie stammte, sehe man von seinem Fenster, viele Jahre später habe er sich jedesmal, wenn er zu dem bewaldeten grünen Hang über seinem Hof hinaufsah, an sie erinnert. Dann war an der Tür Klopfen zu hören, fünfzehn Minuten, sagte eine scharfe Stimme auf dem Gang. Sie wischte sich die Tränen ab, legte sich den Kittel um und trat an die Tür. Dort sprach sie kurz mit dem SS-Offizier. Sie schloß die Tür wieder und sagte, sie hätten zusätzliche fünfzehn Minuten. Er sei gar kein so schlechter Mensch, hat sie gesagt, er habe drei Kinder und lasse manchmal mit sich reden.

Sie fing sofort an zu reden, erinnert sich Lešnik, als habe sie sehr lange darauf gewartet, endlich reden zu können. Die Wahrheit wartet, dann bricht sie aus, drängt zutage. Bei ihr hatte sie eingedämmt hinter den Zähnen gewartet, hatte sich in ihr zu einem großen See aufgestaut. Und als sie die heimischen Laute vernahm, fing sie an wie zu einem Liebhaber, wie zu einem Bruder zu reden, da brach der Damm, da brach die Wahrheit wie ein Wildbach aus ihr hervor. Zu dem hier hatte man sie im Lager R. gezwungen, wo sie ein umgekehrtes Dreieck am Ärmel getragen hatte, was bedeutete, daß man sie als „Asoziale“ und „Individualistin“ registriert hatte. Sie hatte nicht verstanden, weshalb, nach R. war sie aus Maribor gebracht worden, weil ihre Eltern Kleidung und Schuhwerk „in den Wald“, zu den Partisanen geschickt hatten, Mutter,

Bruder, Vater und sie hatte man auf einen Lastwagen geladen und nach Maribor transportiert, in R. war ein SS-Mann zu ihr gekommen, nicht der, der an der Tür stand, sondern der Führer der Wachmannschaft in R., und hatte sie in die Ambulanz gebracht. Dort sollte sie baden, wurde von einem Arzt untersucht, dann kam der Offizier zurück und sagte zu ihr, man werde sie jetzt ausprobieren. Er siezte sie: *Sie werden ausprobiert.* Das taten sie auch. Drei. Dann wurde sie aus der Baracke in ein Gebäude überstellt, das sich zwischen der Ambulanz und der Kommandantur befand und wo sie von nun an zusammen mit anderen Mädchen besseres Essen bekam und jede Woche eine ärztliche Kontrolle hatte. Sie bekam ihr Zimmer, in das jeden Tag und jede Nacht die Wachen und Kapos kamen. Eines Nachts wurden die Mädchen auf Lastwagen geladen und zum Bahnhof gefahren und von dort mit dem Zug hinter die Front gebracht. Sie habe sehr schnell gesprochen, erinnert sich Lešnik, und die ganze Zeit zur Tür gesehen, als müsse sie jemandem rasch berichten, was mit ihr geschehen war, als müsse sie alles erzählen, bevor die Tür wieder aufging. Vielleicht aber auch einfach deshalb, weil er aus ihrer Gegend war, damit er nicht dachte, sie mache das freiwillig, sie haben mich gezwungen, habe sie gesagt, sie haben mich gezwungen. Dann verstummte sie, und obwohl die Zeit beim Auslaufen war, haben sie eine Weile geschwiegen. Dafür bist du am Leben, versuchte Lešnik sie zu trösten, ungeschickt. Am Leben? fragte sie und sah ihm lange in die Augen. Ja, das bin ich wirklich, sagte sie. Das Essen ist gut, sagte sie, und wenn ich Lues kriege, behandeln sie das schnell. Weißt du, was? sagte Lešnik, der damals noch jung war und dem es an Mut und Zuversicht auch damals nicht gefehlt hatte, als er den Panzerfahrer aus dem brennenden Panzer zog, wir beide werden uns noch am Bachern sehen. Oder in Maribor, sagte er, in der Gosposka[3], manchmal sind wir

3 Gosposka cesta – „Herrengasse“.

von der Landwirtschaftsschule die Gosposka rauf und runter spaziert. So schöne Mädchen wie du, sagte er, haben von uns überhaupt keine Notiz genommen, weil wir Bergstiefel trugen. Ach, sagte sie, ich bin doch aus L. am Bachern, aber das ist auch egal, sagte sie, ich weiß nicht, ob ich jemals nach Hause komme. Doch, sagte er, während er sich rasch anzog, du wirst nach Hause kommen. Er goß sich ein Glas Wodka ein, trank es aber nur halb aus, auf einmal lag ihm nichts mehr an diesem seltsamen Gebräu, das anders sei als der Sliwowitz, der einem in der Kehle brenne, daß man das Gefühl habe, er reinige, Wodka dagegen laufe wie Wasser in einen hinein und entwickle erst dann irgendwo in den Eingeweiden seine seltsame Wärme. Er hat den halb getrunkenen Wodka auf dem Tisch stehen lassen und auch vergessen, im Kanonenofen Holz nachzulegen, damit es sie durch die dicken Wollstrümpfe hindurch nicht fror, aber das ist ihm erst draußen wieder eingefallen, als er ein wenig benommen den Gang hinunterging, zwischen den Frozzeleien und dem wütenden Gemurre der Soldaten hindurch, die die Geduld verloren hatten, weil sich Lešnik so lange dort drinnen aufgehalten hatte.

Lešnik will ihren Namen nicht sagen, als er dem jungen Schriftsteller im Jahre fünfundsiebzig in einer Vorstadtkneipe in Maribor erzählt, wie er an der russischen Front eine junge Frau aus der Gegend getroffen habe, er sagt, er werde ihren Namen nicht sagen, nie. Er sieht ihn mit seinem etwas aufgedunsenen und unrasierten Gesicht über den Tisch hinweg an und sagt: Damals war ich so wie du, so jung. Und sie auch, fügt er nach einer Zeit hinzu. Und als sich der Schriftsteller viele Jahre später an diese Erzählung erinnert und denkt, daß er sie eigentlich aufschreiben sollte, sieht er zwei junge Menschen, sie und ihn, wie sie auf dem Bett in einem Raum mit niedriger Decke sitzen, auf dem Tisch eine Flasche Wodka, im Kanonenofen ist das Feuer dabei auszugehen, rasch erzählen sie einander etwas, dann schweigen sie und horchen auf das entfernte Grummeln, als würde über dem Bachern ein Gewitter niedergehen. Und er sieht auch jemanden in Uniform, der im Berliner Generalstabsbüro der Sekretärin hinter der Schreibmaschine den Titel eines Plans diktiert, der in den folgenden Tagen in die Realität umgesetzt werden wird: *Maßnahmen zur Förderung der männlichen Schaffenskraft.* Der Plan enthält genaue Anweisungen betreffend Hygiene und Schutz vor Schwangerschaft. Festgelegt wird, daß jede Frau während einer Schicht zehn Soldaten empfangen könne, unter Ausnahmebedingungen auch zwanzig, für jeden stünden fünfzehn Minuten zur Verfügung. Ausdrücklich wird festgelegt, daß diese Tätigkeit nicht von Jüdinnen ausgeübt werden dürfe. Festgelegt wird auch die Bezahlung: Der SS-Offizier, der die Tätigkeit leitet, bekommt von zwei Mark 1,80, und die Frau, die die Tätigkeit ausübt, 0,20 Mark. Ein seltsamer Gedanke, daß derjenige, der die genannten Maßnahmen diktiert und sich anschließend, als das Tippen auf der Schreibmaschine vorbei ist, eine Zigarette anzündet, auch dafür sorgt, daß sich irgendwo bei Minsk ein Bauernjunge vom Draufeld und ein Mädchen aus L. treffen, daß sie sich dort für ganze dreißig Minute treffen, was für beide ein Privileg ist, das mit gnädiger Geste ein SS-Offizier möglich machtt, der ihren Worten zufolge ein *gar nicht so schlechter Mensch ist, der manchmal mit sich reden läßt und zu Hause drei Kinder hat.* Und daß sie sich danach nie wieder treffen werden, denn das Mädchen ist nie zurückgekehrt, wie Lešnik erzählt, der mit dem Eisernen Kreuz, aber ohne den einen Arm von der russischen Front zurückgekommen ist. Den hat ihm einige Tage später eine Artilleriegranate weggerissen, da hatte das Grummeln in der Ferne aufgehört, und die Artillerieeinschläge waren ganz nahe zu hören, und dazwischen das Rattern der leichten Maschinengewehre der Roten Armee.

[Premiere auf kleiner Bühne]

Am Vormittag hatte sie ihn getroffen, am Abend war er schon in ihrer Wohnung. Das hätte natürlich nie passieren können, wenn sie ihn nicht unter ganz besonderen, völlig unverdächtigen Umständen getroffen hätte. Und in einer ganz besonderen Stimmung, die sie in den letzten Tagen begleitete. An diesem Tag besonders: Schon kurz nach neun Uhr morgens war sie im Theater gewesen, eine frühe Stunde für Theaterleute. Sie hatte den vielsagenden Blick des Pförtners gesehen: Wer am Vorabend eine Aufführung gehabt hat, der geisterte um diese Uhrzeit nicht im Haus herum. Mascha hatte am Abend keine Aufführung gehabt, schon seit langem nicht mehr, auch keine Proben am Vormittag, und als sie am Pförtner fast vorbeigeschlichen war bis zum Schwarzen Brett, wo die ersten Besetzungen für die kommende Saison aushingen, hatte sie mit einem Blick feststellen können, daß sie noch eine ganze Zeitlang keine haben würde, keine Proben und keine Aufführungen. Sie hielt sich noch so lange im Gang auf, bis sie gesehen hatte, welche unbegabten, aber jüngeren Schauspielerinnen dieses Mal alle ihre Rollen besetzten, dann marschierte sie im Eilschritt an der Empfangshalle vorbei, von wo sie die verschlagenen, allwissenden, in ihrem unverhohlenen Mitleid unendlich grausamen Augen des Pförtners beobachteten.

Am Vormittag also hatte sie ihn im „Neuen Weg“ getroffen,

nicht in irgendeiner Straße dieses Namens, sondern in einer Institution, wo sich wohlwollende und gutherzige Menschen um Invaliden kümmerten. Seitdem sie weniger spielte, eigentlich überhaupt nicht mehr spielte, half Mascha diesen netten Menschen, denen viel Schlimmeres widerfahren war als ihr, sie arbeitete bei Veranstaltungen mit, bei denen freiwillige Spenden gesammelt wurden, sie hatte sich mit Freude in diese Arbeit gestürzt, mit demselben Elan, mit dem sie einst, vor fünfzehn Jahren, studiert und dann in den „Drei Schwestern" so glänzend gespielt hatte.

Vor dem Empfangsbüro des Neuen Weges warteten einige Menschen in Rollstühlen. Ein jüngerer Mann, gut zehn Jahre jünger als sie, saß dort mit einer Aluminiumkrücke zwischen den Knien, er war außer Atem, wahrscheinlich war er kurz vor ihr angekommen, seine rechte Hand verlor sich unter dem herunterhängenden aufgekrempelten Sakkoärmel, sie war – früher hätte sie gedacht, *verdorrt*, wenn sie sich überhaupt darum gekümmert hätte – klein, mit reglosen Fingern, die unter dem Ärmel hervorsahen, sie sah aus wie ein Kinderhändchen.

– Sie sind Schauspielerin, sagte er.

Sein Gesicht war breit, sonnengebräunt, lächelnd.

– Leider, sagte sie unwillkürlich.

Vielleicht hoffte sie, er würde sagen, warum leider? Ich habe Sie in den „Drei Schwestern" gesehen, zum Glück, nicht leider.

– Ich habe Sie gesehen, wie Sie bei der Wohltätigkeitstombola die Nummern gezogen haben, sagte er. Wenn Sie damals eine Sieben gezogen hätten, sagte er, dann würde ich jetzt nicht hier sitzen.

Hier saß er, weil er wegen finanzieller Unterstützung gekommen war.

– Was habe ich denn gezogen? fragte sie.

– Eine Sechs, sagte er, eine Sechs haben Sie gezogen. Nur eine

Nummer höher, hätten Sie eine Sieben gezogen, würden Sie mich heute nicht hier sehen.

Sie bemerkte die Schweißtropfen auf seiner Stirn. Vermutlich von der Anstrengung beim Gehen, aber auch wegen des schweren Sakkos, das er in diesem frühen Sommer trug.

– Wo würden Sie denn sein? sagte sie ohne wirkliches Interesse.

– Hier bestimmt nicht, sagte er.

Eine Frau im Rollstuhl lachte. In Florida, sagte sie, Florjan wäre in Florida.

Als Mascha aus dem Büro kam, wo sie ihren nächsten Auftritt vereinbart hatte, war der Mann noch immer da.

– Ich würde Sie ja begleiten, sagte er und sah auf seine Krücke, nur, dann wären Sie später zu Hause. Er lachte mit seinen gesunden Zähnen. Die Frau im Rollstuhl lachte auch.

– Ich leihe dir den Rollstuhl, sagte sie.

– So ein Krüppel bin ich noch nicht, grinste der junge Mann.

– Danke, sagte Mascha, eigentlich gehe ich gar nicht nach Hause.

Sie hatte ein bißchen geschwindelt. Sie würde nur nicht direkt nach Hause gehen, vielleicht würde sie ein Café oder eine Buchhandlung aufsuchen. Sie wußte aber, daß sie nicht ins Theater gehen würde, in das einzige Gebäude in dieser Stadt, in das sie wirklich gern gegangen wäre, wo sie etwas gewollt und etwas anzufangen gewußt hätte, dorthin würde sie nicht gehen, weil sie dort nichts anzufangen hatte. Bis April nächsten Jahres, und jetzt war es Juni dieses Jahres. Deshalb würde sie sicher nach Hause gehen, zum Mittagessen würde sie sich Gemüse kochen, so wie sie jeden Tag im September, jeden Tag im Oktober statt ins Theater in ihre Wohnung gehen würde, wenn nicht ein Wunder passierte, lieber Gott, sie dachte daran, daß sie sich vielleicht selbst ein bißchen bemitleiden könnte, anstatt Mitleid mit diesen Invaliden zu haben. Mit dem mit der Krücke und der winzigen Hand, der sie mit seinen gesunden Zähnen angelacht hatte und sie vielleicht sogar wirklich nach Hause begleitet hätte.

Am Nachmittag schlürfte sie ihre Gemüsesuppe und blätterte nebenbei in der Zeitung, als das Telefon klingelte. Ich werde mich nicht melden, dachte sie. Am Abend gab es eine Premiere in der Kleinen Bühne, ihre Freundin würde sie überreden wollen mitzukommen. Beweg dich ein bißchen, würde sie mit ihrer fröhlich-geschwätzigen Stimme sagen, du wirst an einem Freitagabend doch wohl nicht zu Hause hocken. Komm schon, würde sie sagen, alle werden sich freuen, dich zu sehen. Mascha wußte, daß sie sich nicht freuen würden, wer freute sich schon über eine Schauspielerin, die schon seit Jahren keine vernünftige Rolle mehr bekommen hatte. Sie würden sich nicht freuen, aber sie würden nett sein, wie die Menschen zu jemandem nett sind, dem ein Unglück widerfahren ist, wie ... zu einem Invaliden. Das Telefon klingelte beharrlich. Und jetzt soll ich noch diesen ungelenken Mädchen auf der Bühne zusehen, soll ich ihnen vielleicht Blumen zuwerfen? Ich werde nicht abheben, dachte sie. Trotzdem stand sie auf, sie würde sagen, sie fühle sich schlecht.

– Mascha, sagte eine männliche Stimme am Telefon, hier ist Florjan.

– Wer?

Sie erinnerte sich an den jungen Mann aus dem Neuen Weg, wie er fröhlich mit seinen großen gesunden Zähnen gelacht hatte!

– Florjan, der, dem Sie die Sechs gezogen haben. Sie können mich auch Cvetko nennen.

Sie war nicht in der Stimmung, jemanden, irgend jemanden Cvetko zu nennen.

– Hier ist die Wohnung von Veronika Ploj, sagte sie und wollte auflegen.

– Ich weiß, sagte er, und man nennt Sie Mascha. Sie haben in den „Drei Schwestern“ gespielt.

Sie schwieg eine Weile.

– Woher haben Sie meine Nummer? fragte sie.

– Ich lade Sie auf einen Kaffee ein, sagte er mit selbstbewußter, eigentlich etwas frecher Stimme, oder auf ein Glas Wein. Ich erzähle Ihnen, was ich mit dem Geld gemacht hätte, wenn Sie damals eine Sieben gezogen hätten.

Er lachte.

Sie wollte sagen, daß es sie nicht im geringsten interessierte, was er mit dem Geld gemacht hätte, und sie weder Lust auf Kaffee noch auf Wein noch auf die Premiere in der Kleinen Bühne habe, auf überhaupt nichts. Sie werde auch zu niemandem Cvetko sagen, und sie brauche man auch nicht Mascha zu nennen, obwohl sie seit damals, als sie wirklich die Mascha spielte, tatsächlich von allen so genannt wurde. Dann erinnerte sie sich an seine winzige Hand.

– Ein andermal, sagte sie, heute abend bin ich im Theater ... Sie konnte hören, wie wenig überzeugend ihre Stimme klang, wie schlecht sie log, nicht einmal das kann ich mehr spielen, dachte sie, deswegen fügte sie rasch hinzu: Premiere, in der Kleinen Bühne ...

– Sie spielen ...? rief er begeistert aus.

– Nein, nein, nein, sagte sie, ich gehe mit meiner Freundin nur zusehen, meine Kolleginnen spielen.

– Wenn das so ist, sagte er, dann aber morgen? Sie haben es versprochen.

Was habe ich denn versprochen? dachte sie unwillig, ich habe nichts versprochen, ich habe gesagt: Ein andermal. Sie dachte, er ist wahrscheinlich einsam.

– Gut, sagte sie, rufen Sie morgen an.

Am Vormittag hatte sie ihn getroffen, am Abend stand er schon vor ihrer Wohnungstür. Mit der linken Körperseite stützte er sich auf die Krücke, in der Hand hielt er eine Flasche Wein.

– Mein Gott, was fällt Ihnen ein? fragte Mascha mit rauher Stimme.

Etwas hatte sie an diesem Abend schon getrunken, und aus ihren inneren Augen leuchteten alle Lichter des Theaters.

Er lächelte breit. Mit dem Kinn deutete er auf die Flasche.

– Für Blumen war kein Platz mehr, sagte er.

– Ach ja?

Etwas Besseres war ihr nicht eingefallen. Sie nahm die Flasche. Plötzlich war es ihr egal, daß er sie bei einer so dämlichen Lüge erwischt hatte. Warum hätte sie eigentlich irgend jemandem erklären müssen, daß sie zu Hause war und nicht im Theater, vor allem diesem Menschen, den sie an diesem Vormittag zum ersten Mal gesehen hatte. Plötzlich war es ihr auch egal, ob sie diesen Abend allein verbringen oder ob sie noch ein Glas mit diesem armen Menschen trinken würde, dem sie bei einer Wohltätigkeitstombola keine Sieben, sondern eine Sechs gezogen hatte. Sie sagte, er solle eintreten. Erst jetzt sah sie, daß er auch hinkte, nicht nur mit seinem Arm stimmte etwas nicht, auch mit seinem Bein, natürlich, warum sollte er sonst eine Krücke benutzen, vielleicht würde sie ihn fragen müssen, was passiert sei. Sie sagte, er solle eintreten, er trat ein. Geschickt nahm er das schwere Sakko ab und warf es über einen Bügel, dann sah er sich im Wohnzimmer um und blieb vor den Fotos von ihren Aufführungen stehen. Sie sagte, er solle sich setzen, er setzte sich. Sie versuchte die Flasche zu entkorken, er fragte, ob er es machen dürfe, dann zog er die Flasche mit der linken Hand mit Leichtigkeit auf, danke, sagte sie, um die Bewunderung für seine körperliche Geschicklichkeit zu verbergen, Kleinigkeit, sagte er.

– Heute vormittag haben Sie irgendwie verzweifelt ausgesehen, sagte er.

– Ach kommen Sie, sagte sie, wie sollte man das wohl sehen können?

– Das kann man sehr wohl sehen, sagte er mit einem selbstbewußten Lächeln, wenn eine schöne Frau einsam und verzweifelt ist.

Mascha bekam einen Lachanfall. In ihrer Wohnung saß ein junger Mann mit einer Krücke zwischen den Knien, die verdorrte Hand baumelte unter seinem Hemdsärmel hervor, und er erzählte ihr, sie sei einsam und verzweifelt. Und schön obendrein. Sie leerte das Glas bis zur Neige. Wieder lachte sie.

– Und warum lachen Sie?

Warum sie lachte? Vielleicht weil ihr schon lange niemand mehr gesagt hatte, daß sie schön sei. Vielleicht aber auch weil sie in letzter Zeit bei Wohltätigkeitstombolas für Invaliden auftrat.

– Vielleicht deshalb, sagte sie, weil ich aus der Trommel keine Sieben gezogen habe.

Vielleicht aber auch deshalb, weil dieser Florjan, dieser Cvetko während seines Dauerlächelns mit seinem Blick über ihre Bluse, über ihre Brüste und ihren Bauch bis zu ihren Knien glitt. Unwillkürlich zog sie sich den Rock über die Knie.

– Sie trugen einen gelben Rock, sagte er. Wir haben Sie alle bewundert.

– Einen gelben Rock?

– Er hat Sie geradezu umflattert, sagte er, Sie sind auf der Bühne um die Tombolatrommel des Neues Weges fast herumgetanzt.

Vor Verlegenheit strich sie sich das Haar hinter die Ohren. Sie schenkte den Wein ein. Sie wollte ihn etwas fragen, was sollte sie ihn überhaupt fragen? Sie dachte an den gelben Rock. Der gelbe Rock, woher war der noch mal? Sie dachte an die Aufführung in der Kleinen Bühne, jetzt mußte sie zu Ende sein, jetzt umarmten sie sich schon, na und, auch die jüngeren Kolleginnen würden in ein paar Jahren älter sein, und andere, jüngere würden nachkommen, und alle verschwitzten Umarmungen nach den Aufführungen, alle Küsse und alle Lobesworte, alles würde Schnee von gestern sein. All das wußte sie, schon seit ein paar Jahren, es gibt keine Bitterkeit, es gibt keine Bitterkeit, dachte sie, das ist Schnee von gestern, alles ist Schnee von gestern, die da, die jetzt den Regisseur umarmt, die linkische Anfängerin, die kann sich nicht einmal anziehen.

– Ach, wie die sich anzieht! sagte sie plötzlich. Nicht daß es häßlich wäre, unmodern, sondern einfach erbärmlich.

– Wer, sagte er, wer?

– Das ist Maschas Text, sagte sie.

– Ihr Text?

– Maschas, sagte sie, aus Tschechow. Warten Sie ... Es geht so: Ein merkwürdiger, greller, gelblicher Rock mit so einer geschmacklosen Franse und dazu eine rote Bluse. Und der Stoff regelrecht blankgewetzt! Andrej ist nicht verliebt – das kann ich mir nicht vorstellen, er hat immerhin Geschmack, er will uns nur necken, für dumm verkaufen. Ich hörte gestern, sie heirate Protopopov, den Vorsitzenden der hiesigen Verwaltung. Und sie soll sogar ...

Mascha lachte.

– Ich erinnere mich nicht, wie es weitergeht. Es ist schon fünfzehn Jahre her.

– Wenn ich richtig verstehe, haben Sie jetzt die „Drei Schwestern" gespielt, sagte er.

– Nicht drei, sagte sie und lachte wieder, nur eine.

Sein Lachen verschwand. Er wurde ernst. Schweigend schenkte er sich nach.

– Was ist denn? fragte sie vorsichtig. Ich habe Sie doch nicht beleidigt?

Er antwortete nicht. Er legte die Krücke an den Rand der Couch. Dann sah er sie mit einem so wehmütigen Ernst an, daß ihr sein Blick durch die Augen irgendwo in die Brusthöhle fuhr, dorthin, wo schon seit dem Morgen ein dumpfer Schmerz lag.

– Sie brauchen sich nicht lustig machen, sagte er trocken.

– Ich habe nur einen Scherz gemacht, sagte sie.

Er sah vor sich hin wie ein beleidigtes Kind. Sie stand auf und sagte, sie habe noch eine Flasche Wein im Kühlschrank. Sie könnten sie öffnen, wenn er wolle. Sie brachte die Flasche und bat ihn, sie zu öffnen, ihr ginge das schlecht von der Hand, während er sie so spielend entkorkt habe.

– Gut, sagte er zögernd ... aber keiner solle glauben, er sei, weil er ... daß er deshalb auch ein Trottel sei.

Mit seinen starken Fingern drückte er, die Flasche zwischen die Beine gepreßt, die Spirale des Korkenziehers in den Korken und zog den Korken in einem Zug aus dem Flaschenhals. Sie sah ihn bewundernd an.

– Du kannst das aber.

– Ja, sagte er, wieder mit einem Lächeln, das immer breiter wurde. Ist dir aufgefallen, daß du mich geduzt hast? Ich kann auch noch was anderes.

Sie saß eine Weile schweigend da, sie sah ihn noch immer an, diesmal über den Rand des Glases hinweg. Der Wein schimmerte gelb, in ihren feuchten Augen fing etwas zu funkeln an.

– Weißt du was, Florjan?

– Du kannst mich auch Cvetko nennen.

– Weißt du was, Cvetko? Jetzt werde ich wirklich für dich spielen.

Sie trat an eines der Bücherregale, fand sofort, wonach sie suchte, blätterte in dem Buch, las, ging zum Fenster und sah eine Weile reglos in die Nacht. Dann drehte sie sich um und legte das Buch weg.

– Hörst du die Musik?

Florjan schüttelte den Kopf.

– Du mußt die Musik hören, sagte sie, Mascha hört sie.

Sie drehte sich im Raum und verhakte sich mit dem Pantoffel am Teppichrand. Sie ignorierte diese Ungeschicklichkeit, sie war ein Profi, Mascha tanzt Walzer, sagte sie, sie tanzt allein, dann sagt sie, Mascha sagt, sie könne auch singen: Der Baron ist betrunken, der Baron ist betrunken, der Baron ist betrunken! ... Oh, wie die Musik spielt! Sie gehen von uns, einer ist ganz von uns gegangen, ganz und für immer, wir bleiben allein zurück, um unser Leben von vorn anzufangen. Wir müssen leben ... Wir müssen leben ... So reden sie den ganzen Tag, den ganzen Tag ... Da lebt man in einem Klima, wo es jeden Augenblick anfangen kann zu schneien, und dann noch dieses Gerede ... Jetzt steht in der Regieanweisung: Mascha hält inne ... Und sagt: In dieses Haus gehe ich nicht, ich kann es nicht mehr betreten ... Da fliegen schon die Zugvögel ... Sie blickt empor ... Schwäne oder Wildgänse ... Ihr meine Lieben, meine Glücklichen ... Sie geht weg ... Sie pfeift leise vor sich hin ...

– Sie pfeift? fragte Florjan. Ich habe nicht gehört, daß du gepfiffen hättest.

– Ich kann auch pfeifen, sagte sie, aber du kannst den Werschinin spielen.

Sie fing an zu pfeifen, wieder drehte sie sich und stieß mit dem Knie an den Stuhl. Sie lehnte sich an den Fensterrahmen.

– Bravo, sagte er.

– Kein Bravo, sagte sie, kein Bravo. Du kannst den Werschinin spielen. Werschinin sagt: Sind Sie abergläubisch? Doch Florjan lehnte sich zurück und stellte das Glas ab. Ihm schien die Frau auf einmal ein wenig zu betrunken zu sein.

– Will du es nicht sagen? sagte sie und setzte allein fort. Sie schien ihn nicht mehr zu sehen, ihren Gast, der in ihrer Wohnung saß, im Halbdunkel, diesen Unbekannten.

– Sind Sie abergläubisch? Ja, sagte sie, ja, sagt Mascha. Werschinin sagt: Merkwürdig ... und küßt ihr die Hand. Dann sagt er: Sie sind eine großartige, wunderbare Frau. Eine großartige, wunderbare. Es ist dunkel hier, aber ich sehe den Glanz Ihrer Augen. Paß auf, Florjan. Mascha setzt sich jetzt auf einen anderen Stuhl und sagt: Hier ist es heller. Und Werschinin sagt: Ich liebe, liebe, liebe ... Ihre Augen, von denen ich träume ... Sie großartige, wunderbare Frau ... Mascha lacht leise: Wenn Sie so mit mir sprechen, muß ich irgendwie lachen, obwohl ich Angst bekomme. Dann halblaut: Sprechen Sie, es ist mir egal ...

Sie blieb in der Mitte des Raumes stehen. Florjan nahm einen Schluck Wein. Plötzlich sank sie auf der Couch zusammen und vergrub ihr Gesicht in den Händen. Er beugte sich zu ihr und streichelte ihr mit der gesunden Hand über das Haar. Sie stand auf und setzte sich wieder, sie fiel fast zurück und lehnte sich an, so daß ihre Augen an der Decke kreisten. Florjan lachte. Er griff nach ihren Brüsten. Knöpfte ihr die Bluse auf. Mit verschwitzter Hand griff er nach dem Büstenhalter. Sie bewegte sich nicht. Er griff an ihre Knie und hob langsam ihren Rock. Er glitt mit seiner Hand über ihren nackten Schenkel.

– Ich habe zu viel getrunken, sagte sie.

Er beugte sich näher zu ihr und atmete ihr dröhnend ins Ohr.

– Du bist eine empfindsame Seele, flüsterte er und drückte ihre Beine mit seiner schweißigen Hand auseinander.

– Warum keuchst du? fragte sie. Werschinin, warum keuchst du mir ins Ohr?

– Ich bin nicht Werschinin, flüsterte er mit nassem und dröhnendem Atem in ihr Ohr.

– Ich bin Florjan, du kannst mich Cvetko nennen.

Sie versuchte aufzustehen. Mit einer kräftigen Bewegung zog er sie zurück. Seine andere Hand, sein dürres Händchen, tanzte vor ihren Augen. Sie stieß ihn weg. Mit starken Fingern packte er sie an den Haaren und drückte sie zu seinem Schoß hinunter. Sie stöhnte und stieß ihn mit beiden Händen vor die Brust. Krampfhaft griff er nach ihrer Bluse, so daß die Knöpfe prasselnd absprangen. Sie stieß ihn mit beiden Händen weg, stand auf, warf die Flasche um.

– Was soll das jetzt, rief er, was soll das jetzt?

Sie lehnte sich an den Fensterrahmen.

– Mir ist schlecht, sagte sie.

– Du lügst, sagte er. Du hast mich hierhergeschleppt, und jetzt lügst du.

Er packte die Krücke und fegte damit die Gläser vom Tisch. Er versuchte aufzustehen und fiel wieder zurück. Mascha dachte, sie müsse ihm helfen.

– Du Schlampe, sagte er keuchend.

Sie schluchzte: Sei nicht grob, keine Roheit, bitte.

– Du alte Schlampe, sagte er wütend und versuchte aufzustehen. Die Krücke rutschte ihm auf dem Wein weg, der über das Parkett vergossen war, so daß er ins Stolpern geriet und sich an die Wand lehnen mußte.

– Ich helfe dir, sagte sie.

– Mir? sagte er. Du hast mich nicht einmal gefragt, was mir fehlt.

In seinem Blick lag ein schneidender, verächtlicher Haß, der ihr scharf durch die Augen tief in die Brust fuhr.

– Hilf dir selbst, wenn du kannst.

Mascha schossen Tränen in die Augen. Sie fing an zu lachen. Sie brachte ihre Bluse über der Brust wieder in Ordnung und ging ins Bad. Sie ließ sich einen Strahl kaltes Wasser über den Nacken laufen, dann über das Gesicht, über die Augen, über die Tränen, über das erstickende Lachen. Sie hörte, wie er im Vorraum herumstelzte, er zog sich das Sakko an. Er schlug die Tür zu. Sie kehrte ins Wohnzimmer zurück und fing an, die Gläser wegzuräumen. Dann ging sie zum Fenster und sah lange auf die leere, nächtliche Straße hinaus. Wenn sie in etwa einer Stunde im Bett liegen und schlafen würde, würde sie davon träumen, wie sie in einem gelben Rock auf einer großen leeren Bühne umherging, sie würde versuchen, sich an einen Satz zu erinnern, sie wußte, wie er anfing: ... Ich werde still sein... still wie der Wahnsinnige bei Gogol ... Doch würde ihr die Fortsetzung nicht einfallen, es würde niemand da sein, der ihr die Fortsetzung zuflüsterte, nur die große Trommel würde sich unter den Bühnenscheinwerfern drehen, sie hätte eine Sieben ziehen müssen.

[DER MANN, DER IN DEN MALSTROM SAH]

Mitten an einem Frühlingsvormittag hatte die Verkäuferin in einer Mercator-Filiale einen Mann bemerkt, der in der Ecke bei der Kühltruhe mit den Milchprodukten stand und laut sprach. Die Verkäuferin war alle mögliche Kundschaft gewohnt, sie war schon lange in diesem Beruf, deshalb schenkte sie ihm zuerst keine besondere Aufmerksamkeit. Manchmal sagte sich ein Kunde laut die Bestellung vor, die ihm seine Frau aufgetragen hatte; Stadtstreicher, die aus dem nahe gelegenen Park kamen, um Wein und Zigaretten zu kaufen, störten den vormittäglichen Frieden in der Filiale oft mit ihren Selbstgesprächen. Aber der Mann in mittleren Jahren, der in abgehackten Sätzen laut sprach, als wollte er jemanden von etwas überzeugen, sah nicht aus wie ein Stadtstreicher. Er trug einen dunkelblauen Anzug mit Krawatte und hatte beim Eintreten höflich gegrüßt. Nur sein Gesicht war ein wenig überwuchert, offenbar hatte er sich schon längere Zeit nicht rasiert, und ein wenig ging von ihm, wie die Verkäuferin später erzählte, auch ein Geruch aus wie von einem Menschen, der schon lange unterwegs war und keine Gelegenheit gehabt hatte, das Hemd zu wechseln. Aber das konnte auch männliche Gleichgültigkeit oder die Zerstreutheit eines Reisenden sein. Jedenfalls war er, ohne einen Einkaufskorb zu nehmen, gleich in den hinteren Teil des Geschäftes gegangen, und erst nach geraumer Zeit hatte die Verkäuferin bemerkt, daß er dort stand, irgendwo hinaufsah und ununterbrochen sprach. Da war sie, als sie an der Kasse drei oder vier ältere Kunden, die immer um diese Tageszeit einkauften, abgefertigt hatte, ins Büro gegangen, um den Filialleiter von dem sprechenden Mann in Kenntnis zu setzen. Ihr Chef winkte mit der Hand ab, schon als sie die Tür öffnete.

– Ich sehe, sagte er, ohne sie anzusehen, ich beobachte ihn schon die ganze Zeit.

Er saß am Tisch und sah regungslos auf einen der Monitore an der Wand.

– Er spricht direkt in die Kamera, sagte er.

Und wirklich, die Überwachungskamera, die über der Kühltruhe montiert war und die ganze Passage zwischen den Verkaufsregalen erfaßte, übertrug das infolge Winkelverzerrung ein wenig in die Länge gezogene Gesicht des sprechenden Mannes und die lebhaften Gesten, mit denen er seine Sätze unterstrich, auf den Bildschirm im Büro.

– Seltsam, sagte die Verkäuferin. Vielleicht ist er nicht ganz richtig im Kopf? Obwohl er ganz normal aussieht.

– Schade, daß wir keinen Ton haben, sagte der Filialleiter, jetzt muß ich zu ihm hinunter, um zu hören, worum es geht.

Hätten die Verkäuferin und der Filialleiter aufmerksamer hingesehen, und hätte die Kamera das überwucherte Gesicht des Sprechenden nicht so seltsam in die Länge gezogen, hätten sie ihn vielleicht erkannt, sie hätten sehen können, daß es sich um Jože Mlakar handelte, es war nicht einmal drei Jahre her, daß alle dieses Gesicht kannten. In den abendlichen Fernsehnachrichten hatte es über die Richtungen unserer Außenpolitik gesprochen, in der Vorwahlzeit linke und rechte Abweichungen der Parteichefs kommentiert, hatte an runden Tischen über die

Öffnungszeiten von Lebensmittelgeschäften teilgenommen. Einmal hatte er vor einem Panzer gestanden und erklärt, daß die Verteidigung der Heimat keine Sache der Waffen, sondern des Patriotismus der Bürger sei, ein anderes Mal hatte er auf einer Brücke über einen Fluß erklärt, daß wir alle gefährdet seien wegen der schlechten Materialien und oberflächlich berechneten Statik, am liebsten und am häufigsten aber hatte er über die Menschenrechte gesprochen. Die Menschenrechte seien die Basis von allem, noch mehr als die Baumaterialien der Brücken und deren Statik, wichtiger als Außenpolitik und Wirtschaftsstrategie. Jože Mlakar trug das moralische Gesetz in seiner Brust und faßte diese Tatsache auch jedesmal in bildhafte Worte, wenn er ein Mikrofon vor sich hatte und das Auge der Kamera auf ihn gerichtet war: das moralische Gesetz in der Brust und den gestirnten Himmel über sich. Für die Menschenrechte war Jože Mlakar bereit, alles zu tun, auch die Menschheit oder zumindest jenen Teil der Menschheit in unserer Heimat zu opfern, der nicht begreifen wollte, daß die Menschenrechte alles seien und man für sie alles tun müsse.

Sein Aufstieg in den Orbit der Menschenrechte und Fernsehkameras begann in jenen ruhmreichen Tagen des Umbruchs, als wir unsere Heimat befreiten. Nie vergaß er zu sagen, und nie vergaß er es öffentlich zu sagen, welche Gefühle ihn damals erfüllt hatten, als er zum ersten Mal das Wort ergriff. An jenem Frühlingsabend hatte er unter dem Podium gestanden, auf dem die Mikrofone ausprobiert wurden, er sah die Menschenmenge, eine Menge entschlossener Gesichter, die aus allen Straßen und Gassen auf den Hauptplatz gekommen waren, die ersten Lampen auf dem großen Platz flammten auf, die Scheinwerfer durchlöcherten die Abendluft, und auch die Sterne flammten auf am frühen Abendhimmel. Er sah auch den Kameramann, der mit der Kamera auf der Schulter nach bedeutsamen und weniger bedeutsamen Details des historischen Ereignisses suchte. Die Journalistin, die hinter ihm ging, hielt mehrmals einem der Kundgebungsteilnehmer das Mikrofon vor den Mund, und Jože Mlakar wünschte sich bei diesem Anblick, bei dem Gedanken, daß Millionen in den Sesseln zu Hause die Entwicklung des historischen Ereignisses mit gespannter Brust verfolgten, daß auch er seine Meinung sagen könne, nicht nur, damit ihn die Millionen und darunter auch seine Arbeitskollegen zu Hause und im Dienst sähen, sondern weil es ihn unaufhaltsam, wie er später mehrmals erzählte, in den Malstrom der Geschichte hineinzog. Er wußte auch, was er ins Mikrofon sagen würde, mit einem direkt ins Auge der Kamera gerichteten Blick würde er sagen: *We shall never surrender,* so wie Churchill gesagt hatte, *wir werden auf den Meeren und an den Küsten kämpfen, auf den Feldern und in den Straßen*; wenn er die Möglichkeit hätte, würde er auch das sagen, obwohl es, wenn er recht überlegte, in dieser Stadt keine Meeresküsten gab. Aber die hin- und herwogende Menschenmenge schob ihn immer von Mikrofon und Kamera weg, so daß er sich schließlich an den Fuß des Podiums gedrückt wiederfand, auf dem jetzt die Kundgebung begann.

Er wußte selbst nicht, wie er später gern sagte, wie er den Weg auf das Podium gefunden hatte. Er wußte, daß er zuerst die Aktentasche hinaufgeworfen hatte, die er nicht unten lassen wollte, dann war er auch schon selbst oben, ergriff seine Aktentasche und trat mit wild pochendem Herzen, aber entschlossenen Schrittes zum Mikrofon, das gerade einer der pathetischen Redner verlassen hatte. Er wußte, daß ihn nicht nur eine Kamera begleitete; alle Augen, alle Scheinwerfer, alle Kameras waren auf ihn gerichtet. Aber er fixierte nur eine, jene, die der Kameramann ganz nah vor ihm auf der Schulter hielt. Eine kleine, leicht gekrümmte Fläche, das tiefe Auge der Kamera, zog ihn, wie er sich später erinnerte, buchstäblich in sich hinein. Damals dachte er nicht an die Millionen Augenpaare, die sich dahinter vor den

Fernsehempfängern befanden, sondern er fühlte die Kraft der Millionen Augenpaare, die ihn durch dieses einzige Auge, dieses magische Auge, sahen, und er sah sie, er sah nicht, aber er spürte den Malstrom dieses Auges, seine Tiefe, die ihn einsog. Er sagte, daß die Menschenrechte das höchste moralische Gesetz seien, und hörte seine Stimme überhaupt nicht in den Lautsprechern, auch nicht die aufbrausende Menschenmenge, er ahnte einige Gestalten, die aufs Podium kletterten, er sagte, er werde etwas sagen, was die ganze Welt verstehen werde, deshalb werde er es auf Englisch sagen. Aus dem Augenwinkel sah er die Gestalten der Sicherheitsleute, die raschen Schrittes über das Podium auf ihn zukamen, und er sagte so schnell und so deutlich wie möglich ins Mikrofon: *We shall never surrender* ... wir werden nie kapitulieren, denn es geht um unsere Rechte, sagte er mit der vertausendfachten Kraft der Lautsprecher, er wollte noch hinzufügen ... wir werden in den Straßen und auf den Feldern kämpfen ... aber neben ihm stand schon eine männliche Gestalt mit einer Binde am Ärmel, jemand sagte ... Sie, Herr, verlassen Sie sofort ... Aber er ließ sich nicht vom Podium zerren, mit der Tasche in den Händen stieg er ruhig hinunter, denn er hatte das Seine getan, wenngleich nicht ganz bis zum Ende. Er war ein wenig benommen, als er sich wieder in der Menge von Körpern befand und von Händen, die ihm auf die Schultern klopften.

Er kämpfte sich zu einer Telefonzelle durch, warf eine Münze in den Apparat und wählte eine Nummer. Nach einer Zeit hörte er die Stimme seiner Frau.

– Habt ihr mich gesehen? rief er, um die dröhnende Musik und die brausende Menge zu übertönen. Hat man gehört, was ich gesagt habe?

– Bist du verrückt geworden? sagte die erregte Stimme seiner Frau. Sie schien zu schluchzen. Was hat sie denn, dachte er, warum weint sie?

– Was hast du denn? sagte er und dachte: Was ist denn das jetzt?

– Du Verrückter, schluchzte die Frau, du Verrückter. Komm mir nicht nach Haus.

Das konnte er wirklich nicht begreifen, und über das, was ihm an diesem Abend in seinem Privatleben widerfahren war, hat er auch später nie öffentlich gesprochen. Er legte den Hörer auf die Gabel zurück und stand eine Zeitlang mit benommenem Kopf, der nicht begriff, was gerade geschehen war, in der Telefonzelle. Dann schlug er sich, den Hauptplatz hinter sich lassend, durch die Menge und strebte auf eine Kneipe in einer der versteckten Gassen der Altstadt zu, wo er manchmal nach dem Dienst mit Freunden einen Gespritzten trank. Ihm war, als hätte ihn jemand mit kaltem Wasser übergossen, oder besser gesagt, als hätte ihm jemand mit dem Hammer eins über den Kopf gezogen. Über jenen Kopf, in dem es von den pathetischen Worten hallte, die er zu den Millionen gesprochen hatte, mehr noch aber von dem unerträglichen Schluchzen seiner Frau. Er wußte ja, daß sie das nicht wörtlich gemeint hatte, von wegen, daß er verrückt sei, noch weniger, daß er nicht nach Hause zu kommen brauche. So sagt man eben, und sie hatte das schon öfter gesagt, wenn er ihr aus einer Kneipe mitgeteilt hatte, daß er sich etwas verspäten werde. Wenn sie sagte: Du brauchst gar nicht nach Hause zu kommen, wollte sie damit eben sagen, daß sie schlechter Laune sei, weil er sich wieder so lange aufgehalten hatte. Aber daß sie das in diesem Moment gesagt hatte, war für Jože Mlakar zu viel. Er war beleidigt bis an den Grund seiner Seele. Wenn es so ist, überlegte er, werde ich eben nicht nach Hause gehen. In der Kneipe, in der er eingekehrt war, hatten sie den Fernseher laufen, und als er an den Tresen trat, fand sich vor ihm nicht ein Gespritzter, sondern drei, wieder klopfte ihm jemand auf die Schulter: Das hast du gut gesagt. Schon nach dem ersten Gespritzten verfestigte sich sein Entschluß, nicht nach Hause zu gehen, wenn er dort nicht erwünscht war. Nach dem letzten, als die Kneipe schloß, war die Entscheidung gefallen. Aber wohin sollte er gehen, wenn nicht nach Hause? Seine beleidigte Seele gab nicht nach. Was für ein Zuhause ist das überhaupt, wenn sie dort glaubten, er wäre verrückt? Nur weil er etwas für die gemeinsame Sache getan hatte, für die Sache der Heimat und der Menschenrechte. Sie müßten ihm mit Respekt begegnen und nicht ihm sagen, er brauche nicht nach Hause zu kommen, so als wäre er auf einem Besäufnis gewesen und nicht auf einer gewaltigen Kundgebung. Er dachte daran, im Büro des Transportunternehmens, für das er arbeitete, zu übernachten, in der Tasche, die er noch immer fest an sich gedrückt hielt, waren die Büroschlüssel, dem Nachtportier würde er erklären, er habe eine wichtige Arbeit zu erledigen, er würde sich in seinem Büro einschließen und sich in den Sessel strecken. Die dort, seine Frau und seine Mutter und der pickelige Sohn, die zu ihm sagten, er brauche nicht nach Hause zu kommen, die sollten ruhig mal überlegen, wo der Mensch jetzt war, den sie gerade einfach so über die Schwelle seines eigenen Hauses gestoßen hatten, jenes Hauses, das er durch eisernes Sparen und unter nicht geringem Verzicht selbst geschaffen hatte, er selbst hatte dem Maurer beim Einsetzen der Fenster und dem Fliesenleger beim Verlegen der Fliesen im Badezimmer geholfen.

Er machte sich auf den Weg zum Stadtrand, wo sich die Verwaltung des Transportunternehmens befand. Auf den Straßen waren wenige Menschen, die letzten Kundgebungsteilnehmer strebten dem heimischen Herd entgegen. Trotz schnellen Schrittes begann ihn zu frieren, der Frühlingstag war heiß gewesen, zur Arbeit war er in einem leichten Sakko gegangen. Er blieb stehen. Was würden seine Kollegen denken, die ihn am Morgen im Sessel schlafend vorfinden würden? Eigentlich war es ihm egal, hatte er doch an diesem Abend alle Brücken hinter sich abgebrochen, selbst das Zuhause hatte man ihm genommen, sollten sie glauben, was sie wollten, auch daß er verrückt sei. Aber ihm war nicht darum zu tun, irgendwem irgend etwas zu erklären, wer könnte denn verstehen, wie ihn das magische Auge der Kamera in seinen Malstrom gezogen hatte. Er schlug den Weg zum Bahnhof ein, setzte sich in ein Taxi und sagte dem Taxifahrer, er solle ihn zu einem Hotel in einem kleinen Ort in der Nähe der Hauptstadt bringen. Er kannte sein Ziel, dorthin hatte er sich manchmal mit einem Mädchen zurückzogen, dem die ganze Zeit die Eltern auf den Fersen waren, die der Tochter den Kontakt mit ihm untersagt und vor seiner Junggesellenwohnung im Hinterhalt gelauert hatten. Mit dem Mädchen, das jetzt seine Frau war und zu ihm gesagt hatte, er sei verrückt, mehr noch, er brauche nicht nach Hause zu kommen. Damals, als sie noch kein gemeinsames Zuhause gehabt hatten, hatten sie ihre sichere Zuflucht in dem kleinen Hotel, dorthin würde er sich fahren lassen. Er überschlug seinen Besitz an Geldscheinen in seiner Börse, es müßte für Fahrt und Übernachtung reichen, was morgen sein würde, ach, morgen war ein neuer Tag, jetzt galt es nur zu tun, was er sich vorgenommen hatte. Er würde sich verstekken, dem Empfangschef würde er bedeuten, die Sache diskret zu behandeln, wie damals, er würde schon verstehen. Das Sichverstecken wurde ihm aber gar nicht leicht gemacht, denn bereits der Taxifahrer erkannte ihn.

– Ich habe Sie im Fernsehen gesehen, sagte er.

– Ach, sagte Jože Mlakar bescheiden, nichts Besonderes.

– Doch, doch, sagte der Taxifahrer, das haben Sie gut gesagt.

Im Hotel fiel Jože Mlakar ins Bett, er war müde und infolge der Freundlichkeit, ja fast Bewunderung des Taxifahrers etwas weniger unglücklich und schlief sofort ein. Als er im Morgengrauen halbwegs wach wurde, sah er in diesem Flimmern zwischen Traum und Wachen, zwischen Nacht und Morgen einen riesigen Malstrom, ein riesiges gerundetes Auge, das ihn unaufhaltsam in sich hineinzog. Mit solcher Kraft, daß er erschrocken die ganze Schokolade aus dem Zimmerkühlschrank aufaß und wieder einschlief. Bis zum frühen Vormittag, als ihn eine schwarze Amsel weckte, die mit ihrem gelben Schnabel auf dem Balkon kreischend tschilpte.

Beim Blick auf die Uhr fuhr er erschrocken zusammen. Jetzt sollte schon ein Berg Transportpapiere für Straßengebühren und Verzollung vorbereitet sein, er sah die aufgeregten LKW-Fahrer, die vor der Tür seines Büros standen und darauf warteten, die Fahrt antreten zu können, er sah seine Sekretärin, die sie zu beruhigen versuchte, und seinen Vorgesetzten, der das Telefon abhob und mit den Türen knallte. Jože Mlakar war kein politischer Abenteurer, an denen es in dieser Zeit nicht fehlte, er war auch kein Sonderling, der auf Podien sprang und mit Sicherheitsleuten rangelte, wie vielleicht jemand denken konnte, der ihn am Vorabend bei der Protestkundgebung auf dem Hauptplatz gesehen hatte. Am wenigsten aber war er ein Verrückter, voller Bitterkeit dachte er daran, daß seine Frau so von ihm sprach. Er war ein gewissenhafter Angestellter, er war nie zu spät zum Dienst gekommen, alle Lastwagen fuhren jeden Vormittag, mit den notwendigen Papieren versehen, in ferne Länder, nach Schweden, in die Türkei, in den Iran. Gern saß er mit seinen Freunden zusammen, das war alles, in der letzten Zeit hatten sie beim Gespritzten die politischen Ereignisse durchgekaut, wer tat das nicht? Er wußte selbst nicht, was ihn vor die Kameras gezogen hatte, eine unbekannte Kraft, der er nicht hatte widerstehen können. Deshalb tat ihm nicht leid, daß es geschehen war, leid tat ihm nur, daß ihn seine Nächsten nicht verstanden, vor allem aber ärgerte ihn, daß er jetzt in diesem kleinen Hotel hocken und seine Geldbörse umstülpen mußte, aus der ihm die unangenehme Wahrheit entgegengähnte: Sie war mehr oder weniger leer. Er duschte rasch, zog voller Unbehagen das Hemd vom Vortag an und marschierte mit der Tasche in der Hand zum Empfang. Er versuchte seiner Verlegenheit Herr zu werden und bereitete sich darauf vor, den Empfangschef, der ihn offenbar noch aus der Zeit kannte, als er hier manchmal mit seiner späteren Frau übernachtet hatte, zu bitten, ihm die Rechnung bis zum Abend zu stunden. Er hatte Angst vor dieser Erniedrigung, Jože Mlakar war in diesen Dingen sehr gewissenhaft. Aber der Empfangschef erwartete ihn mit einem breiten Lächeln, die Brille auf der Nase.

– Ich habe Sie im Fernsehen gesehen, sagte er, das haben Sie gut gesagt.

Jože Mlakar verspürte Erleichterung. Jetzt hatte er wieder einen klaren Kopf, die Benommenheit vom Vorabend war weg, und es war verlockend, sich ein wenig in der Bewunderung des Empfangschefs zu sonnen. Er fragte ihn, was ihm daran so gut erschienen sei, er habe ja gar nicht alles sagen können.

– Ich habe es nicht so gut gehört, sagte der Empfangschef, ich hatte gerade Gäste.

Jože Mlakar schwieg fast beleidigt. Er fragte, ob er telefonieren dürfe.

– Aber alle sagen, fügte der Empfangschef rasch hinzu, daß Sie gut gesprochen haben. Daß Sie es ihnen gegeben hätten.

Er rief im Büro an. Die Sekretärin nahm augenblicklich den Hörer ab.

– Wo sind Sie denn? fragte sie. Alle suchen Sie.

Jože Mlakar überlief ein Schauer. Er sah die Gesichter der wütenden LKW-Fahrer, die die verlorenen Kilometer und den Verdienstausfall überschlugen, er sah seinen Chef, der ihm erklärte, er könne sich schon einmal um eine andere Stellung umsehen, eine, wo man mit der Arbeit um elf Uhr vormittags anfange.

– Wer sucht mich? sagte er mit gebrochener Stimme, weil er gut zu wissen glaubte, wer ihn suchte. Aber er hatte sich geirrt.

– Das Fernsehen, sagte die Sekretärin aufgeregt, die Zeitungen, alle. Alle wollen Ihre Erklärung.

Jože Mlakar hielt den Hörer lange unschlüssig in der Hand. Er wünschte sich, daß seine Frau das hörte, daß auch ihre Mutter das hörte und auch sein Sohn, bevor er zur Schule ging. Aus dem Hörer vernahm er das laute und schnelle Sprechen seiner Sekretärin. Er nahm sich zusammen und antwortete mit ruhiger Stimme:

– Teilen Sie ihnen mit, ich komme in einer Stunde.

Mit dem Empfangschef kam er anstandslos überein, daß er die Rechnung später begleichen würde. Die Tasche unterm Arm, trat er hinaus in den sonnigen Frühlingstag. Er war ein wenig aufgeregt wegen der unverhofften Wendung, sogar ein wenig verwirrt, deshalb schrieb er die Stimme, die er plötzlich hörte, seinem psychischen Zustand zu. Und doch war es eine männliche Stimme, die an seinem Ohr sprach, ganz deutlich, ein wenig heiser, aber kräftig, als würde ein sehr großer Mensch sprechen, der sich zu seinem Ohr niederbeugte und sagte: Das sind deine fünf Minuten, Jože.

Er zuckte ein wenig zusammen und sah sich um, doch allzu verwundert war er nicht, das waren wirklich seine fünf, wahrscheinlich sogar fünfzehn Minuten, jetzt gab es keinen Zweifel mehr. Das einzige Problem war das Geld für den Bus, dem Schaffner war vermutlich schwer zu erklären, daß er kein Fahrgeld bei sich hatte, einen dicken Knödel Erniedrigung oder zumindest geschmälerter Würde würde es hinunterzuschlucken gelten. Doch er hatte noch kaum damit begonnen, die Worte zusammenzusuchen, mit denen er seine Verlegenheit erklären wollte, als neben ihm schon ein Auto hielt. Genaugenommen fuhr es zuerst vorbei, kam aber dann rückwärts rasch zurück. Der

Fahrer öffnete die Beifahrertür und sagte, er würde ihn mitnehmen. Jože Mlakar war erleichtert und stieg ein. Kaum waren sie losgefahren, da sagte der Fahrer, wir wissen, was.

– Ich habe Sie im Fernsehen gesehen. Sie haben auf der Protestkundgebung gesprochen.

– Ach, sagte Jože Mlakar, es war nichts Besonderes.

Sie fuhren an einem Polizeiwagen vorbei, der an der Straße geparkt war. Der Fahrer sah auf die Tasche, die sein Mitfahrer auf dem Schoß hielt.

– Sie können sie unter den Sitz tun, flüsterte der Fahrer.

Jože Mlakar sah ihn verwundert an.

– Warum? fragte er.

– Damit man sie nicht entdeckt, sollten sie uns anhalten, sagte sein gutmütiger Chauffeur noch immer im Flüsterton.

Er dachte, daß es keinen Grund gebe, sie anzuhalten, sie fuhren nicht zu schnell, der Tag war schön, und auch wenn man sie anhielte, warum sollte er die Tasche mit den Transportgenehmigungen unter dem Sitz verstecken?

Kurz vor der Hauptstadt bog der Fahrer unvermittelt nach rechts ab und fuhr eine schmale Straße bergauf.

– Wohin fahren Sie? fragte Jože Mlakar.

– Hinten herum, sagte der Fahrer.

Jetzt begann ihn die Geduld zu verlassen. Im Unternehmen erwarteten ihn die Leute vom Fernsehen, vorher müßte er noch auf einen Sprung nach Hause, um das Hemd zu wechseln. Wenngleich das nicht mehr sein Zuhause war, dachte er voller Bitterkeit, aber der Schrank mit den Hemden stand noch immer dort, es ging nicht anders.

– Entschuldigen Sie, sagte er mit zurückgehaltenem Zorn, warum hinten herum?

– Weil Sie gesucht werden.

Jože Mlakar wußte, daß er gesucht wurde, in seinem Büro

richteten die Kameraleute ihre Objektive vermutlich schon auf die Stelle, wo er sitzen und Erklärungen abgeben würde.

– Es wird geredet, sagte der Fahrer, daß alle festgenommen werden, die auf der Protestkundgebung gesprochen haben.

Er sagte, er könne ihn zu Verwandten bringen, die seien alle gegen die Regierung, schon seit je, sie würden stolz sein, helfen zu können.

Es schnürte ihm das Herz ab, für einen Moment wußte er nicht, wem zu glauben war, er beschloß, seiner Sekretärin zu glauben.

– Fahren Sie mich ruhig in die Stadt, sagte er, wenn Sie dorthin wollen.

Dieser Satz sollte Jože Mlakar einige Monate später großes Ansehen bescheren, genaugenommen sollte er sein Ansehen vergrößern, das er sich bis dahin erworben hatte, als die historischen Ereignisse um die Befreiung der Heimat schon vorüber waren. Der unbekannte Fahrer sollte dann, schon in der Freiheit, einen Leserbrief schreiben, in dem er erklärte, wie geschickt er und der Redner von der Protestkundgebung den Festnahmen ausgewichen waren, er habe ihn über Bergstraßen sicher und direkt in die Hauptstadt und ins Büro gefahren, wo die Fernsehkameras auf ihn gewartet hätten.

Gut zwanzig Minuten später saß Jože Mlakar im Sessel vor der Fernsehkamera. Nicht in seinem Büro, sondern in dem des Direktors.

– Sie können doch nicht in Ihrem Kabuff Erklärungen abgeben, hatte der ihn im Hof erwartende Direktor des Transportunternehmens gesagt. Sie haben gleich in meinem Büro ein Studio eingerichtet.

Der Direktor wußte, daß sich das Rad der Geschichte drehte, damals wußten es alle, und er wollte nicht, daß dieses Rad irgendwohin an den Rand rollte, deshalb hatte er im Hof die Tür des Wagens des unbekannten Fahrers geöffnet, Jože Mlakar die Hand gegeben und ihn zum Mikrofon und zur Kamera geleitet.

– Auch recht, sagte Mlakar mit ruhiger, fast gönnerhafter Stimme. Trotzdem war er ein wenig unruhig, als ihm der Techniker ein Mikrofon unter das Hemd klemmte, aber nicht wegen der Aufnahme, sondern wegen des Hemdes, das zu wechseln er nicht geschafft hatte und das zweifellos den durch die Poren dringenden Geruch eines Körpers voller Gespritzter vom Vorabend weitergab. Mit einem Gedanken streifte er zornig seine Frau, das war ihretwegen, jetzt sollte er hier in einem frischgebügelten Hemd sitzen und rasiert wie jeden Morgen. Doch schon einen Augenblick später hatte er es vergessen, er sah sich in dem dunklen Auge der Kamera, alles verschwand, auch der Direktor und die Sekretärin, die respektvoll im Hintergrund standen, vergessen waren das schmutzige Hemd, das Unrecht, das ihm seine Nächsten zugefügt hatten, vergessen das Leiden der vergangenen Nacht und die unbezahlte Rechnung im Hotel. In der Ferne hörte er die Stimme der Journalistin, die sagte, er brauche nicht in die Kamera zu blicken, er könne sie ansehen, aber Jože Mlakar konnte sie nicht ansehen, das magische Auge zog ihn mit ungekannter Kraft in sich hinein.

– Kamera, sagte eine unbekannte Stimme.

– Kamera läuft, sagte eine zweite.

Er hörte die Journalistin, die sagte, daß auf der gestrigen Protestkundgebung besondere Aufmerksamkeit der Auftritt von Herrn Jože Mlakar hervorgerufen habe, sie verhielt ein wenig, hier werden wir Ihren Auftritt einspielen, sagte sie und fuhr nach einer Zeit fort: Herr Mlakar ist jetzt bei uns, was wollten Sie mit Ihren Worten sagen?

– Das, was ich gesagt habe, sagte Jože Mlakar gesammelt.

– Könnten Sie uns das ein wenig genauer erklären? fragte die

Journalistin, die von allem Anfang an erwartet hatte, daß er das wenige genauer erklären würde. Es entstand ein Augenblick gespannter Stille. Auch Mlakar hörte sie, aber nicht als Stille, sondern als ein Trommeln im Kopf, der auf einmal leer war und aus dem die Leere gähnte, wie sie ihm an diesem Morgen im Hotelzimmer aus seiner Geldbörse entgegengegähnt hatte, ihm schien auch, daß er das Tschilpen der Amsel auf dem Balkon des Hotelzimmers hören könne. Die Journalistin wechselte einen Blick mit dem Regisseur, schon wollten sie die Aufnahme abbrechen. Da sprudelten aus Mlakar auf einmal Worte hervor über die Menschenrechte, die bedroht seien, obwohl sie nicht bedroht sein dürften, den Menschen geschehe Unrecht, manche, die für Freiheit und Gleichberechtigung kämpften, würden für verrückt erklärt, sie haben uns unser Zuhause genommen, sagte er, das Unrecht ist überall, sehen Sie nur die Fahrer, die vor meinem Büro warten, Haufen von Papieren brauchen sie, damit sie ihre Tätigkeit ausüben können, und so ist es auch mit den Rentnern und den Studenten, von den Krankenschwestern gar nicht zu reden, und bei all dem bedrohen sie unsere Heimat, wir werden nicht kapitulieren, sagte er, nicht in den Straßen, nicht auf den Feldern und auch nicht an den Küsten.

Viel später, als sein Stern schon im Untergehen begriffen war, behaupteten böse Zungen, daß Mlakar von allem Anfang an nichts zu sagen gehabt habe, es stimme allerdings, fügten die Medienanalytiker hinzu, daß er das, was er gesagt habe, mit einer ganz eigenen Überzeugungskraft und Entschlossenheit gesagt habe. Genaugenommen mit der Entschlossenheit eines Menschen, dem Unrecht widerfahre, und weil alle das Gefühl hatten, daß ihnen Unrecht widerfahre, wirkten seine Auftritte so glaubwürdig. Und außerdem war sein Blick faszinierend, die ganze Zeit sah er in die Kamera, so daß er manchen mehr mit seinem Auftreten überzeugte als mit seinen Worten. Aber das war viel später, hier fing sein Aufstieg gerade erst an. Und obwohl der zweite Auftritt von Jože Mlakar nicht so überzeugend war wie seine Worte, die die begeisterte Menge am Vorabend begrüßt hatte, war die Journalistin zufrieden, auch der Regisseur nickte, der Direktor gratulierte ihm, und die Sekretärin nahm ihn kurzerhand in die Arme. Sie habe nicht gewußt, sagte sie, mit was für einem wunderbaren Menschen sie im Transportbüro zusammenarbeite. Unser Jože, erklärte sie, er ist so bescheiden. Auf einmal erschien er ihr in seiner Bescheidenheit groß, ja, auch schön, sie hatte das bis dahin nicht bemerkt.

Jože Mlakar hörte das alles nicht, er sah auf die gläserne Fläche des Kameraauges, in der sich seine kleine Gestalt spiegelte, ganz klein, versinkend in der glatten und ruhigen Fläche, hinter der sich der unsichtbare Wirbel von Millionen Augen drehte, er sah in diesen tiefen Malstrom und fühlte, daß er ihn unaufhaltsam in sich hineinzog.

Am Abend sah er sich in Gesellschaft seiner Frau, ihrer Mutter und seines Sohnes seinen Fernsehauftritt an. Als er mit seiner Frau allein zurückgeblieben war, sagte er: Und? Was sagst du nun?

Natürlich wollte er nicht streiten, schon längst hatte er ihr vergeben, schon am Nachmittag, wenn nicht sogar schon, als er zwischen Nacht und Morgen in ihrer beider einstigem Hotel wach wurde und Schokolade aß. Auch sie wollte sich nicht streiten. Sie sah ihn nur ein wenig mißtrauisch an. Etwas Fremdes war an ihrem Jože, seine Augen glühten, und seine Bewegungen waren fahrig. Besonders beunruhigt war sie, als er ihr, nur ihr anvertraute, er habe auf der Landstraße die Stimme eines sehr großen Mannes gehört.

– Wie groß? fragte sie.

– Sehr, sehr groß, sagte Jože, und trotzdem habe ich ihn nicht gesehen.

Merkwürdig kam ihr vor, daß er wußte, daß er so groß war, wo er ihn doch gar nicht gesehen, sondern nur gehört hatte, doch er hatte jetzt keine Zeit für solche kleinlichen Überlegungen. Schließlich hatte sie auch nicht verstanden, warum er auf das Podium gesprungen war, wie sollte sie jetzt verstehen, daß er eine Stimme gehört hatte, die letzten Endes nur ihm zugedacht gewesen war?

– Geh du schon schlafen, sagte er, ich habe noch zu arbeiten.

Und er machte sich ans Konzipieren, so daß die beschriebenen Blätter nur so vom Küchentisch flogen, er wußte, daß sie ihn wieder fragen würden, er würde wieder antworten müssen und wollte auf alles gut vorbereitet sein. Er hatte sich nicht geirrt. Morgens begannen die Telefone zu klingeln. Einladungen gab es allein für diesen Tag so viele, daß er bei seiner Dienststelle Mitteilung machen mußte, er werde nicht da sein, der Direktor nahm es mit Verständnis auf, die Sekretärin mit Bewunderung.

In den folgenden Tagen wurde er zu Interviews und Diskussionsrunden gerufen, zu Reden auf Kundgebungen und Feiern, Gewerkschaftler und Bauern, Rentner und Studenten, alle wollten die entschlossenen, wenngleich ein wenig rätselhaften Sätze Jože Mlakars hören. Es meldeten sich auch Politiker und luden ihn in ihre sich damals konstituierenden Parteien, aber ihr höfliches Zureden beschied er abschlägig, Jože Mlakar war kein Politiker, auch nicht die Stimme des Volkes, er war die Stimme seiner selbst. Wenn er offen sein sollte, müßte er sagen, daß er die Stimme jener unbekannten Kraft war, die ihn jedesmal überwältigte, wenn er eine Kamera vor sich hatte. Deshalb lehnte er auch Zeitungs- und Radiointerviews ab, das Mikrofon als solches bedeutete ihm nichts, wenn es nicht von einer Kamera begleitet wurde. Bald gab es kein lokales Programm und keine Rednertribüne mehr, wo ein Fernsehteam erschien, wo Jože Mlakar noch nicht aufgetreten wäre. Zum Dienst ging er auch die nächsten

Tage nicht, nach einiger Zeit hörte er auf, sich wegen seiner Überlastung zu rechtfertigen. Ein Filmproduzent machte über ihn einen Dokumentarfilm mit dem Titel *Der Mann, der das Wort ergriff*. Ja, Jože Mlakar sei ein Mensch, der das Wort im richtigen Moment ergriffen habe. Und aus diesem Augenblick seien Monate geworden, einmal sehe man ihn vor einem Panzer über Heimatverteidigung und Patriotismus sprechen, dann auf einer Brücke über Baumaterialien und schwere LKWs dozieren, die über die schlechten Straßen fahren, am häufigsten und liebsten aber spreche er natürlich über die Menschenrechte und über erlittenes Unrecht. Irgendwo habe er etwas gelesen über das moralische Gesetz, das der Mensch in seiner Brust trage, das moralische Gesetz ist in mir und der gestirnte Himmel über mir, sagte er in die Kamera, und die Zuseher waren begeistert. Gut habe er das gesagt, sagten sie.

Eines Abends, als er ganz glücklich die Aufnahme seines langen Selbstgesprächs im lokalen Fernsehen verfolgte, wurde seine Freude durch einen Telefonanruf getrübt. Es war der Empfangschef des kleinen Hotels, in dem Jože Mlakar in jener fernen historischen Nacht geschlafen hatte, um, wie allgemein bekannt, der Verhaftung zu entgehen. Der fragte ihn, ob er beabsichtige, die Rechnung zu begleichen, er selbst habe das Geld ausgelegt, und es wäre nur recht und billig, wenn er es zurückbekäme. Mlakar versetzte diese Selbstverständlichkeit in der Stimme des Empfangschefs in Wut. Er sah ihn direkt vor sich, wie er dort mit der Brille auf der Nase hinter dem Pult saß und ihm mit dieser unglaublichen Kleinigkeit lästig fiel. Er hatte damals alles riskiert, eine Festnahme und vielleicht auch das Leben, und dieser Mensch wollte von ihm irgendein Geld, nur weil er sich für die Heimat und für die gemeinsame Sache, also auch für die des Empfangschefs, geopfert hatte. Das sagte er ihm auch. Der Empfangschef sagte, er verstehe wohl nicht richtig.

Und er setzte wütend hinzu, daß er auch sonst nicht verstehe, was er im Fernsehen und anderswo rede, wegen der unbezahlten Rechnung aber werde er ihn klagen. Jože Mlakar war erschüttert, er konnte nicht begreifen, daß die Menschen so kleinkariert und roh geworden waren, jetzt, wo sich das Rad der Geschichte weitergedreht hatte und die Heimat befreit war.

Aber das Rad der Geschichte hatte sich wirklich weitergedreht, die Heimat war frei, und die Menschen waren zu ihren alltäglichen Verrichtungen zurückgekehrt. Jože Mlakar trat noch immer bei verschiedenen, auch schon kommerziellen Fernsehanstalten auf, aber seine Worte und sein faszinierender Blick lösten kein so großes Interesse und keine so stürmischen Reaktionen mehr aus. Es gab auch solche, denen er allmählich auf die Nerven ging. Sein Fehler war, daß er kein Maß kannte, er trat fast jeden Tag auf und sprach. Die Zeit war gekommen, wo er ein wenig hätte nachlassen müssen, jeder weiß, daß sich die Menschen an noch so beliebten Sendungen und öffentlichen Persönlichkeiten sattsehen. Aber Jože Mlakar konnte nicht nachlassen. Das Auge der Kamera betörte ihn noch immer, und wenn man ihn nicht zu irgend etwas Wichtigem befragte oder ihn zu einer Diskussion am runden Tisch einlud, rief er in der Redaktion an und protestierte. Gut genug sei er damals gewesen, sagte er mit zorniger Stimme, als die Heimat bedroht war und als die Menschenrechte bedroht waren, und jetzt nehme man ihm das menschliche Grundrecht, seine Meinung zu sagen. Und das, wo er jetzt viel mehr zu sagen habe als damals, als er auf das Podium gesprungen sei und genaugenommen nur einen Satz gesagt habe. Um das Maß voll zu machen, rief ihn der Direktor des Transportunternehmens an und fragte ihn, ob er noch jemals zum Dienst zu kommen gedenke. Überhaupt nicht freundlich fügte er hinzu, daß sie ihn nicht länger für Fernsehauftritte bezahlen könnten. Wütend knallte Mlakar den Hörer auf die Gabel und widmete sich seiner wahren Arbeit. Jetzt war sein Zimmer voller Notizen, die Wände waren beklebt mit Zitaten, Ausrufe- und Fragezeichen, die mit Problemen zu tun hatten, über die noch zu sprechen sein würde. Schon lange schrieb er nicht mehr in der Küche, er war in das Mansardenzimmer des Einfamilienhauses gezogen und hatte sich dort auch eine kleine Kamera montiert, um seine Auftritte einstudieren zu können. Aber diese Kamera gab ihm nicht die rechte Zufriedenheit, nie zog sie ihn in sich hinein wie eine richtige Kamera, hinter der Millionen Augenpaare standen und die Kraft vermillionenfachten, die in dem vorgewölbten geheimnisvollen Glas konzentriert war. Mit der Familie hatte er kaum noch Kontakt, denn tagsüber machte er seine Rundgänge, um neue Gelegenheiten zu Auftritten zu finden, und nachts waren aus dem Dachgeschoß Rufe und leidenschaftliche Überzeugungsversuche zu hören. Eines Morgens las er in der Zeitung, die man ihm vor die Tür gelegt hatte, einen Artikel, der ihn aus dem Gleis warf. *Wovon spricht Mlakar überhaupt?* war der Titel der Glosse, den ein Journalist in spöttischem, fast feindlichem Ton geschrieben hatte. Einer, der nichts zu sagen habe, stehe dort, spreche gewöhnlich über die Menschenrechte. Nützlicher wäre es, er würde über Kunstdünger sprechen. Wütend zerriß Mlakar die Zeitung, warf die Papierfetzen in die Klomuschel und zog das Wasser. Aber gerade in diesem Zusammenhang gelang ihm noch ein großer Auftritt. Er rief jene Journalistin an, die mit ihm das erste Interview im Direktionsbüro des Transportunternehmens gemacht hatte, und brachte sie so weit, ihn zu einem Gespräch einzuladen. Ich werde nicht über die Menschenrechte sprechen, begann er, noch bevor sie ihn irgend etwas gefragt hatte. Dann sprach er lange über den Kunstdünger, der die heimischen Gewässer vergifte, zwar ein wenig nebulös, doch voll Entschlossenheit, wie in seinen besten Zeiten. Einige Zuschauer verstanden seinen Auftritt als geistreiche Antwort an jenen aufgeblasenen Journalisten, vor allem weil er mit dem Gedanken schloß, daß auch verschmutzte Gewässer eine Frage der Menschenrechte seien und daß wir, die wir sie verteidigten, niemals kapitulieren würden.

Das war zugleich sein letzter Auftritt.

Danach soll nämlich, so erzählt man, der Präsident höchstpersönlich die Worte ausgesprochen haben, die sein Schicksal besiegelten: Nehmt diesem Mlakar das Mikrofon weg.

Seinen Beratern hatte er bei der morgendlichen Besprechung sichtlich schlechter Laune erklärt, daß sich der Zustand im Staate jedesmal verschlechtere, wenn Mlakar das Wort ergreife. Das sehe man an seiner, des Präsidenten, Popularität unter den Bürgern des Landes. Mlakar öffne den Mund, und die Popularität des Präsidenten gehe um fünf Prozent nach unten. Einer der Berater bemerkte vorsichtig, daß Mlakar nicht über den Präsidenten spreche, er spreche über den Zustand des Wassers in den Seen, die vom Kunstdünger bedroht seien.

– Trotzdem, sagte der Präsident, das muß aufhören.

Der zweite Berater drehte den Bleistift zwischen den Fingern und gab laut zu bedenken, daß es schwer sein werde, alle Journalisten daran zu hindern, Mlakar ein Mikrofon unter die Nase zu halten, vielleicht sollten sie die Sache über das Transportunternehmen in die Wege leiten, wo er ein Gehalt bekomme, ohne zum Dienst zu erscheinen. Das würde ihn erledigen.

– Was denn noch? sagte die Sekretärin des Präsidenten, die fröhlich war, wenn ihr Präsident fröhlich war, und schlechtgelaunt, wenn er es war; jetzt war er schlechtgelaunt. Dann wird er erst recht reden, sagte sie. Das kommt ja gar nicht in Frage.

– Nehmt ihm das Mikrofon weg, sagte der Präsident, und verwehrt ihm jeden Zugang zu einer Kamera.

Das war nicht leicht zu bewerkstelligen. Obwohl die Verhinderung jeglichen Kontaktes Jože Mlakars mit einer Kamera jetzt fast zur Staatsangelegenheit geworden war, trug die Maßnahme keine Früchte. Leicht war ein Übereinkommen mit den Redakteuren der großen und kleinen Fernsehanstalten zu erzielen, ihn nicht mehr vor die Kamera zu bitten, aber bei Mlakar war dafür kaum mit Verständnis zu rechnen. Und zu bedenken war auch, was die Worte bedeuteten, die er auf der historischen Protestkundgebung gesagt hatte. Diese Worte bedeuteten doch, er, Jože Mlakar, würde niemals kapitulieren. Eines Samstagabends tauchte er in den Berichten vom Stadtmarkt auf. Geschickt hatte er sich vor die Kamera und das Mikrofon einer unerfahrenen jungen Journalistin gestellt, die dort arglos die Käufer zu ihren Ernährungsgewohnheiten befragte, und begann davon zu sprechen, daß die Menschen in diesem Staate Salat voller Blei äßen, der von den Autoabgasen komme und sich in der Erde ablagere, und daß dadurch die elementaren Menschenrechte bedroht seien. Kaum war die Journalistin suspendiert worden, tauchte er schon bei einem Fußballspiel neben dem Kommentator auf. Der bat, nichts Böses ahnend, den Zuseher, der ihm irgendwie bekannt vorkam und der die ganze erste Halbzeit in der Nähe seiner Kabine gesessen und ihm freundlich zugenickt hatte, seine Meinung zu sagen. Und Jože Mlakar erläuterte, daß die angreifende Mannschaft seiner bescheidenen Meinung nach nicht mit nur einem exponierten Stürmer spielen dürfe, und zwar deshalb, weil das Zusammenspiel in der Spielfeldmitte mangelhaft sei. Uns Zuseher, sagte er, bringt das um das, was im Fußball das Schönste ist, um das Tor, der Trainer agiere gegen das Menschenrecht auf sonntäglichen Genuß durch den Fußballwettkampf. Der Kommentator bemerkte, daß die Stellungnahme doch weit wegführte vom Fußballspiel, aber die effektvolle Schlußfolgerung Mlakars konnte er nicht mehr verhindern. Und das bedeute, sagte Mlakar direkt in das magische Auge der Kamera, daß hier eine schlimme Verletzung der Menschenrechte vorliege, das besagten auch die internationalen Konventionen, die Genfer und noch andere. Dem Kommentator, den die Menschenrechte ansonsten nicht allzusehr interessierten, dämmerte voller Grauen, daß die Genfer Konvention von den Rechten der Kriegsgefangenen sprach, hier gab es aber schon seit geraumer Zeit keinen Krieg mehr. Deshalb schaltete er mit zitternder Hand das Mikrofon ab, die Zuseher konnten allerdings sehen, daß Jože Mlakar immer weitersprach.

Die Kameraleute der verschiedenen Fernsehanstalten, die ihn kannten, paßten auf, daß ihnen sein Gesicht nicht mehr vor die Kamera kam, sie wußten, daß sie einen raschen Schwenk machen mußten, wenn er auftauchte. Manche, denen er leid tat, hoben manchmal an einem einsamen Ort die Kamera auf die Schulter und erlaubten ihm hineinzusprechen, ohne daß die Aufnahme lief. Andere, weniger Mitfühlende, erlaubten sich während des Wartens auf ihren Einsatz diesen und jenen Scherz mit ihm. Wie einmal auf der Schusterbrücke, als sich ein Team langweilte, das auf einen bedeutenden Dichter wartete, den es mit dem grünen Fluß im Hintergrund aufnehmen sollte, während er über die Zeit spräche, die fließe und vergehe wie ein Fluß.

– Na, Mlakar, rief der Kameramann, der ihn bemerkt hatte, wie er sich vorsichtig in einer immer enger werdenden Spirale näherte, um vor den Dichter zu springen, wenn der erscheinen würde.

– Na, Mlakar, warum singst du nicht mal was?

– Weil er kein Gehör hat, sagte der Beleuchter.

– Ich soll kein Gehör haben? sagte Mlakar.

– Dann sing die Tonleiter.

– Du meinst do re mi fa sol?

– Nicht deklamieren, singen.

– Nur wenn du aufnimmst, sagte Mlakar.

Der Kameramann richtete die Kamera auf sein Gesicht. Und Jože Mlakar sang: Do-re-mi-fa-sol-la-si-do. Die Menschen, die stehen geblieben waren, lachten belustigt, besonders nachdem er die Tonleiter auch abwärts gesungen hatte.

Bevor er verschwand, versuchte er noch einmal auf ein Podium zu gelangen und bei einer Staatsfeier zu sprechen, aber die Sicherheitsleute hielten ihn zurück, noch bevor er sich von seinem Sitz in der dritten Reihe erhoben hatte, zu dem er mit einer gefälschten Eintrittskarte gelangt war.

Die beiden letzten Menschen, die Jože Mlakar vor seinem Verschwinden sahen, waren die Verkäuferin und der Filialleiter des Mercator-Lebensmittelgeschäftes. Sie erkannten ihn nicht, obwohl sie ihn hätten erkennen können, denn es war nicht so viel Zeit vergangen seit damals, als er fast jeden Abend im Fernsehen war. Sein Gesicht war zwar ein wenig überwuchert, nicht so, wie es die letzte männliche Mode verlangte, er wirke wie ein Mensch, der sich schon geraume Zeit nicht rasiert und auch das Hemd nicht gewechselt habe, sagte die Verkäuferin, die sich auf solche Dinge verstand, hatte sie doch mit jeder Sorte Mensch zu tun. Zudem zog die Überwachungskamera sein Gesicht erheblich in die Länge. Trotzdem hätten sie ihn erkennen müssen, ach, wenn das menschliche Gedächtnis nicht so kurz wäre, heute erkennen und bewundern dich alle, morgen nehmen sie keine Notiz mehr von dir. Nun, diese zwei nahmen Notiz von ihm, und zwar weil er sich ungewöhnlich benahm. Er stand neben der Kühltruhe, sah in die Überwachungskamera und sprach. Wenn sie gewußt hätten, daß es sich um Jože Mlakar handelte, hätten sie gewußt, worüber er sprach, und der Geschäftsführer hätte nicht zu sagen brauchen: Schade, daß wir keinen Ton haben, jetzt muß ich zu ihm hinunter, um zu hören, worum es geht.

Wahrscheinlich sprach Jože Mlakar zum letzten Mal über die

Menschenrechte, eindeutig feststellen läßt sich das aber nicht, denn jene Kamera lief ohne Ton, und als der Filialleiter zur Kühltruhe im Eck kam, konnte er ebenfalls nichts hören, weil der Mensch dort nicht mehr war. Er war verschwunden. Seine Familie meldete sein Verschwinden, aber alle waren überzeugt, daß er über kurz oder lang irgendwo auftauchen würde, denn er irrlichterte schon lange durch das Land, meldete sich manchmal am Telefon, es schien, daß er den Rest seines Lebens so verbringen würde, vermutlich auf der Suche nach dem wundersamen Auge, das ihn nicht aus seiner Umarmung entließ.

Man fand ihn im feuchten Herbstlaub unweit einer Bushaltestelle an der Straße, die in die Hauptstadt führt. Er lag auf dem Rücken, mit offenen toten Augen, die irgendwohin in die Baumkronen blickten. Die Untersuchungsbeamten stellten ohne Mühe fest, daß der Täter den Leichnam gut dreißig Meter weit von der Straße in den Wald geschleift hatte. Das sah man auch daran, daß der Anzug und das Gesicht des Toten voller Schmutz waren, und in seinen Taschen waren Sand und Blätter. Dabei war ihm die Geldbörse aus der Tasche gefallen, und da sie leer war, vermutete man, daß es sich um Raubmord handelte. Diese Annahme brachte allerdings noch am selben Tag der Empfangschef des nahen Hotels ins Wanken, der erzählte, daß der Tote am Vorabend bei ihm erschienen sei und die Zimmerrechnung von vor ein paar Jahren beglichen habe. Er habe auch Zinsen zahlen wollen, doch habe er dem Empfangschef leid getan, denn sein Gesicht sei ganz eingefallen gewesen, und er habe das nicht annehmen wollen. Vor allem aber hätte er sie gar nicht bezahlen können, denn ihm wäre nach der Begleichung der Rechnung, zumindest in der Geldbörse, soviel der Empfangschef sehen konnte, absolut nichts übriggeblieben. Vielleicht hatte er Geld in der Tasche gehabt, aber die Tasche, die unweit des Leichnams im Wald lag, sah unberührt aus, sie war mit beschriebenen Papieren vollgestopft, wobei die Schrift allerdings völlig unleserlich war. Da der todbringende Schlag auf den Scheitel erfolgt war und den Schädel zertrümmert hatte, ergab die gerichtsmedizinische Untersuchung, daß als Täter nur ein sehr großer und entsprechend starker Mann in Frage kam. Und als sie um den Leichnam herumgingen und unter Blitzlichtern und Scheinwerfern ihre Polizeikameras auf ihn richteten, konnten sie sich nicht genug über seine toten Augen wundern, die blickten, als wären sie lebendig, als würden sie dort zwischen den Baumkronen jenen großen Mann sehen, der ihren Besitzer umgebracht hatte, oder aber als würden sie in die glatte und dunkle Stille eines tiefen Malstroms sehen, der ihren Blick nicht freigab.

[Ein Decamerone aus Zidani most]

Einen Augenblick nachdem der Zug unter Quietschen und dem immer langsamer werdenden Rhythmus der schlagenden Räder in Zidani most angehalten hatte, herrschte Stille im Abteil. Störend war nur das gleichmäßige Reden einer jungen Frauenstimme aus dem Nachbarabteil. Der Reisende wurde erst auf das Gespräch aufmerksam, als sich hinter seinem Rücken die schwere Stimme einer zweiten Frau vernehmen ließ.

– Dir passieren so viele Dinge, weil du schön bist.

– Ach was, sagte die erste, das ist überhaupt nicht wichtig. Es ist nicht wichtig, wie du aussiehst, eine Frau muß interessant sein. Entweder man hat es, oder man hat es nicht. Der Natur nach hat es jede, die Frage ist nur, ob sie sich dessen bewußt ist. Jede Frau in unseren Jahren denkt, wenn sie in Männergesellschaft kommt, jedesmal zuerst, mit wem von denen sie schlafen könnte. Du kannst sagen, daß sie überlegt, wer ihr gefällt, aber das ist ja dasselbe, wenn wir offen sein wollen, am Ende der Geschichte ist es immer auch das, verstehst du, das ist ein Naturgesetz.

Der Reisende hob den Blick vom offenen Buch und lauschte. Wer hätte das nicht getan?

– Das bedeutet ja nicht, daß sie sofort bereit ist, mit einem ins Bett zu gehen, fuhr die erste Stimme fort, woher denn. Sie denkt es aber. Denken darf man doch, oder? Aber auch wenn du es nicht denkst, geschieht es, weil es unterbewußt ist, verstehst du? Jede denkt das jedes Mal bei jedem, dem sie begegnet. Die einen stoßen sie sofort ab mit ihrem Äußeren oder ihrem Reden, aber wenn sie sich auch sagt, den Mann könnte ich nicht einmal berühren – heißt das noch lange nicht, daß sie auch in diese Richtung denkt. Die Frage ist doch, ob sie in der Lage ist, sich das zumindest ein bißchen einzugestehen. Wenn du so den Gedanken unterdrückst, dann darfst du dich auch nicht beklagen, wenn sich niemand für dich interessiert. Wenn du interessant sein willst, darfst du dich nicht in dich zurückziehen, du mußt deine inneren Impulse frei schwingen lassen, und dabei kannst du total anständig bleiben, verstehst du? Provoziere ich etwa mit meinem Verhalten? Nicht im geringsten. Und trotzdem drehen sich andauernd irgendwelche potentiellen Verführer nach mir um.

– Das ist, weil du schön bist, sagte die zweite Stimme noch schwerer, fast traurig. Mich sehen sie im Büro an, als wäre ich ein Stück von dem Schreibtisch, an dem ich sitze.

– Letztens habe ich in diesem Zug im Dunkeln gesessen, sagte die erste Frauenstimme. Niemand konnte sehen, wie ich aussehe. Ein Polizist stieg ein, ich habe nicht gesehen, wie er aussah, auch nicht, ob er alt oder jung war, nur daß er in Uniform war, das habe ich gesehen, als er die Tür aufmachte und fragte, ob hier ein Platz frei sei.

Der Reisende legte das Buch hin.

– Ich habe nicht geantwortet, genaugenommen habe ich halb geschlafen. Das blaue Lämpchen brannte unter der Decke, und zuerst war es mir ein wenig unangenehm, so allein mit einem unbekannten Mann nachts im Abteil, du weißt ja, manchmal setzt sich einer dir einfach gegenüber und fängt an zu reden. Oder schweigt, und sein Fuß berührt dann wie zufällig deinen Fuß, man kennt solche zufälligen Berührungen. Das ist mir immer zuwider. Aber der setzte sich an die Tür, ich saß am Fenster, und ich fühlte mich auf einmal irgendwie sicher, fast wäre ich wieder eingenickt, es konnte nichts passieren, schließlich war er Polizist.

Die Erzählerin lachte.

– Aber ich spürte, daß er mich ansah, die ganze Zeit sah er mich an. Und ich dachte natürlich, was ist das für einer, das würde jede denken. Weil ich dachte und weil ich wußte, daß er mich ansah, zog ich unwillkürlich meinen Rock zurecht, der mir über die Knie gerutscht war, und das war ein Fehler. Als der Zug auf einem Bahnhof anhielt, hörte ich, wie er tief atmete, er war erregt, und auch mich hatte es ziemlich erregt. Ich weiß nicht, was er tat, denn bis zum Ende der Fahrt habe ich ihn nicht angesehen, ich habe mich nicht getraut hinzusehen, weil er irgendwie keuchte, genaugenommen, ehrlich gesagt, haben wir beide etwas schneller geatmet. Aber es war nichts, von mir kann ich das jedenfalls sagen, von ihm allerdings nicht, denn ich weiß es nicht. Ich weiß nur, daß ich in dem Moment, wo ich eben das dachte und wo ich mir den Rock zurechtzog, etwas ausgelöst habe, eine Chemie, die dann anfing zu wirken, gegen Ende der Fahrt habe ich schon überlegt, wie ich überhaupt noch aus dem Abteil rauskomme. Dabei hatten wir, als ich aussteigen wollte, überhaupt noch kein Wort miteinander gesprochen. Dann fragte er mich, ob ich oft mit diesem Zug fahre, er hätte mich noch nie gesehen. Ich sagte, ja, ich fahre oft, jede Woche, er sagte, er auch, dienstlich.

Der Lautsprecher auf dem Bahnsteig knatterte etwas von einem Zug aus Zagreb auf Gleis zwei. Einen Augenblick später rumpelte er an den Fenstern vorüber. Der Reisende erhob sich und preßte sein Ohr gegen die Abteilwand, er hörte nur, daß die junge Frauenstimme noch immer erzählte, doch er konnte kein Wort mehr unterscheiden. Er setzte sich und nahm sein Buch. Er schlug es nicht auf, denn lesen konnte er jetzt nicht. Der Zug aus

Zagreb schnaufte kurz auf und beruhigte sich wieder, mehrere Türen wurden zugeschlagen, und die Stimmen von Reisenden waren zu hören, die ausgestiegen waren und auf dem Bahnsteig gingen. Wieder herrschte Stille.

– Mir ist so etwas noch nie passiert, sagte die zweite Frau traurig. Und dabei habe ich auch schon mit einem Mann allein im Abteil gesessen. Das passiert nur schönen Frauen.

– Ach komm, sagte die Erzählerin.

Einige Zeit schwiegen sie, ein Plätschern war zu hören, das Einfüllen von Wasser oder Saft in Plastikbecher.

– Robbi hätte ich davon gar nichts erzählen dürfen, sagte sie. Ich habe ihm nicht alles erzählt, nur, daß ich mit einem Polizisten gefahren bin. Die ganze Strecke? hat er gefragt. Ich sagte, ja, was ist denn dabei? Allein im Abteil, warum ich denn nicht in ein anderes Abteil gegangen sei. Ich konnte den Mann doch nicht beleidigen und einfach aufstehen und rausgehen, sagte ich, der Zug ist ein öffentliches Transportmittel, Menschen setzen sich in Abteile und fahren. Ich war richtig wütend, aber ihn machte die Geschichte unruhig – er war sogar irgendwie verletzt und ließ die ganze Woche nicht locker –, so daß er mich richtiggehend verhörte, als ob er der Polizist wäre. Ein bißchen Eifersucht kann ja nicht schaden, ist sogar nötig, aber oft braucht es nicht viel, und der andere steigert sich hinein. Worte sind gefährlich. Und da muß man aufpassen, daß man sich nicht allzu tief auf ein Gespräch einläßt, sonst kann es wirklich gefährlich werden. Man weiß ja nicht, wann man sich hinreißen läßt und die Grenze überschreitet. Also einmal war ich wirklich eine dumme Kuh, daß ich mich so tief in etwas hineingelassen habe, ich weiß selbst nicht, was mit mir los war. Das war auch in diesem Zug.

Der Waggon wurde durchgerüttelt. Hinten wurde die Garnitur aus Zagreb angekoppelt, auf die unser Zug in Zidani most gewartet hatte.

– Er war Mazedonier, ein schwarzhaariger junger Bursche mit einem abgewetzten Rucksack, ein aufgeschlagenes Buch in der Hand. Damals war ich noch sehr jung und dumm. Ich dachte sofort daran, und auch er dachte sofort daran. Er las überhaupt nicht, er hielt nur das offene Buch die ganze Zeit auf den Knien, ansonsten saß er mir einfach gegenüber und lachte und redete wie ein Wasserfall. Er fragte mich über jeden Ort aus, an dem wir vorbeifuhren, was für Bäume dort wuchsen und was das für Vögel waren, die über dem Fluß flogen. Ein bißchen war es mir peinlich, daß ich so wenig über meine eigene Heimat wußte und über diese Gegenden, durch die ich so oft gefahren war. Über Vögel wußte ich überhaupt nichts. Wir gingen in den Buffetwagen und teilten uns eine Flasche Bier, in einem fort mußten wir lachen, ich weiß nicht mehr, worüber. Auf einmal waren wir Freunde, wir nannten uns beim Vornamen. Er faltete eine Landkarte auf, die er bei sich hatte, und bat mich ihm zu zeigen, wo wir gerade fuhren. Dabei berührte er zuerst mehrmals meine Hand, dann stellte er sich so eng neben mich, daß ich seine Haut riechen konnte. Ich hatte ihm ein bißchen zu viel erlaubt, diese freien Impulse schwirrten schon ein wenig zu frei um unsere Köpfe herum, so daß ich geradezu benommen war, ja, es war ein richtiges Schwindelgefühl. Und dann, als wir ausgestiegen waren, sagte er zu mir, er sei allein in der Stadt und wisse gar nicht, wohin er jetzt solle. Er fragte mich, ob ich eine billige Unterkunft wisse. Da gab es dieses Hotel, in dem ich einmal mit meinen Eltern übernachtet hatte, Robbi gab es damals noch nicht. Ich sagte, ich könne es ihm zeigen, wir gingen hin, und dann standen wir in der kleinen Rezeption, ich sagte, daß es jetzt vernünftig wäre, sich zu verabschieden, und er sagte, daß das vielleicht vernünftig wäre, nur daß wir beide nicht allzu vernünftig aussähen. Wenn mich jetzt Robbi hören könnte! Ihm habe ich das nie erzählt. Daß ich mit einem Mazedonier ins Hotel gegangen bin.

Ich wollte ja nur bis zum Hotel gehen, verstehst du? Nicht ins Hotel. Er sagte, ich solle mit ihm aufs Zimmer gehen, nur damit er seine Sachen abstellen könne, dann könnten wir durch die Stadt laufen und irgendwo ein Bier trinken. Natürlich hätte ich in der Rezeption auf ihn warten können, aber ich bin einfach hinter ihm hergegangen, ich blöde Kuh, hinter einem Menschen, den ich gerade im Zug kennengelernt hatte. Und als wir in diesem kleinen Zimmer mit dem einen Bett und dem Fenster zum Hof waren, drehte er den Schlüssel in der Tür um und steckte ihn in die Tasche. So nicht, sagte ich. Ich werde jetzt gehen. Er hat nur gelächelt. Und anstatt daß ich ...

Der Lautsprecher auf dem Bahnsteig krächzte, einen Augenblick später fuhr der Zug an. Die Stimme im Rücken des Reisenden verwandelte sich in ein monotones Wogen ohne unterscheidbare Wörter, dazwischen war das Lachen der beiden Frauen zu hören. Der Blick des Reisenden verlor sich in den Wirbeln der Save, die unterhalb der Gleise über Flußschnellen durch das enge Tal schoß. Die Stimme aus dem Nachbarabteil war lebhaft, jung, quirlig, kein Wort war mehr zu verstehen, nur hier und da ragte das schwere und traurige Lachen der Zuhörerin jenseits der Wand in den Erzählfluß hinein. Nach einiger Zeit verstummte die Stimme der Erzählerin aus dem Nachbarabteil. Der Reisende hörte, wie eine Tür geöffnet wurde, und dann ging an seinem Abteil ein molliges Mädchen in engen Hosen mit zwei leeren Bierflaschen vorüber, sie sah wirklich aus wie ein Stück Schreibtisch. Der Reisende wartete noch einige Augenblicke, dann steckte er das Buch langsam in die Tasche seines Jacketts. Er besah sich im Spiegel und lockerte mit den Fingern ein wenig sein zerdrücktes Haar. Dann nahm er seinen Koffer von der Gepäckablage.

[Der Verführer]

Mein Institutsvorstand, mit dem ich vor Jahren mit dem Zug durch Deutschland reiste, hatte bezüglich seiner Beziehungen zu Studenten, besser gesagt Studentinnen, sonderbare, ausgesprochen sexuell konnotierte Ansichten.

– Ein Professor hat das Recht auf Abschuß eines Exemplars pro Jahrgang, meinte er während unserer Fahrt und lachte laut. Zumindest am Institut für Literaturwissenschaften, fügte er hinzu, ich weiß nicht, wie es bei den Naturwissenschaften ist.

Ich fragte ihn, ob er von diesem Recht auch manchmal Gebrauch mache. Ich wußte ja, daß er es tat, darüber wurde schon lange getuschelt, aber ich wollte nicht den Eindruck erwecken, ich, sein Assistent, würde mich an irgendeiner Art von Tratsch beteiligen. Wissenschaft ist Wissenschaft, und Tratsch ist Tratsch, und mein Vorstand war ein Spitzenwissenschaftler.

– Ich will Ihnen anvertrauen, sagte er, daß ich gerade erst letzte Woche eine flachgelegt habe. Sie war ein ziemlich dummes Mädchen, ich habe es gleich im Kabinett erledigt.

Ich fragte weder, welche der Studentinnen das gewesen sei, noch, wo er sie flachgelegt habe, auf dem Tisch, auf dem Sessel oder auf dem Teppich, weil ich wußte, daß er mir das mit Freude beschreiben würde. Ich bereute es, überhaupt etwas gefragt zu haben, ich wollte sein Vertrauen nicht, und noch weniger wollte ich seiner geheimen Neigungen seinen Hörerinnen gegenüber teilhaftig werden. Aber nun war es schon zu spät, es ist allgemein bekannt, daß wahre Verführer genausogern, wie sie verführen, auch davon erzählen. Die Weltliteratur wäre um einiges ärmer, würde man daraus die Erzählungen berühmter Verführer entfernen.

Er beugte sich zu mir und faßte mir vertraulich ans Knie.

– Sie zitterte vor Erregung, sagte er. Als ich ihr ans Knie faßte, begann sie zu zittern.

Ich zog mein Knie zurück und ließ meinen Blick aus dem Fenster über die vorbeifliegende deutsche Ebene, die breiten Felder zu den Kirchtürmen der langgezogenen Dörfer in der Ferne wandern.

Ich fragte ihn, ob ihm sein Tun nicht ein wenig gefährlich erscheine. Man könnte in der Öffentlichkeit darüber tuscheln. Vielleicht wollte ich ihm damit den Hinweis geben, daß eigentlich schon getuschelt wurde und daß er doch vorsichtig sein sollte. Es wäre zu dumm, wenn die Karriere eines so hervorragenden Wissenschaftlers wegen eines unziemlichen moralischen Ausrutschers ihr Ende fände. Es könnte noch schlimmer kommen, das Mädchen könnte die Sache der Moralkommission melden, wie die Kommission zur Verhütung von Stellungsmißbrauch seitens pädagogisch und wissenschaftlich Tätiger von uns gern genannt wurde. Und diese Kommission hatte in letzter Zeit eine verdammt ernstzunehmende Befugnis hinzubekommen.

– Man muß gefährlich leben, rief er durch das Geratter der Räder unter uns. Seine Augen glänzten geradezu fiebrig. Wäre der dröhnende Zug in dem Augenblick auch noch in einen Tunnel eingefahren, hätte ich meinen können, daß nicht ein mir sehr bekannter Professor mit schütterem Haar und roten Wangen vor mir saß, sondern ein kleiner Verbrecher. Doch in Deutschland gibt es nicht übermäßig viele Tunnels, und in der Gegend, durch die wir fuhren, gab es nicht einmal einen.

– Man muß gefährlich leben, wie der Autor des *Ekels* und zahlreicher anderer weniger bedeutender Werke gesagt hat. Denn gerade darum geht es, fuhr er fieberhaft fort. Die Gefahr trägt zur inneren Erregung bei, und es gibt nichts Besseres für eine körperliche Annäherung. Es ist allgemein bekannt, daß man eine Frau zum Lachen bringen muß, das ist schon der halbe Weg zum Erfolg, dann hat man schon fast ein intimes Verhältnis. Gibt es diese Gefahr, die einem strengstens verbotenen Verhältnis innewohnt, braucht man nicht einmal das, keine Scherze, keine besondere Konversation, die Gefahr erzeugt die Erregung von selbst. Stellen Sie sich vor, lieber Kollege, ich bin mit einer Hörerin allein im Kabinett, vom Gang her sind Stimmen zu hören – für einen Augenblick hielt er vor Erregung inne und holte Atem –, die sind ja ohnehin ganz naß vor Erregung, unter der Achsel und überall.

Er verstummte und sah mich einige Zeit lang an.

– Was ist mit Ihnen, Herr Kollege? fragte er dann. Sie sind ja ganz blaß.

Vielleicht war ich wirklich blaß geworden, auf jeden Fall fühlte ich mich nicht wohl, jetzt war ich, was ich nicht sein wollte – eingeweiht in seine Geheimnisse. Gefährliche und eklige, er hatte nicht umsonst den Autor des *Ekels* zitiert.

– Ich verstehe, sagte er. Sie verurteilen mich moralisch. Aber auch Sie hatten schon Wünsche in diese Richtung. Deshalb hat es Sie betroffen gemacht.

Hatte ich es mir wirklich gewünscht? Hatte es mich wirklich betroffen gemacht? Ich hätte nicht gewußt, wieso, ich war kein Moralist, das Wissen meines Vorstands bewunderte ich, aber diese Sache hätte ich liebend gern der Moralkommission gemeldet.

– Geben Sie es ruhig zu, sagte er und faßte mir wieder ans Knie.

An unserem Abteil kam ein Kellner mit einem Servierwagen vorbeigescheppert. Wir nahmen zwei Bier.

– Ich weiß, daß es schwer ist, es sich einzugestehen, sagte er.

Er schlürfte sein Bier, lächelte und sah mir direkt in die Augen.

– Auch mir fiel es anfangs nicht leicht. Auch ich zitterte. Ich werde Ihnen die Geschichte erzählen.

– Vielleicht jetzt lieber nicht, sagte ich, vielleicht sprechen wir lieber über das Seminar.

Wir waren auf dem Weg zur Universität von T., wo der Professor mit seiner Analyse literarischer Assoziationen glänzen würde, er würde bei allen Hörern Bewunderung hervorrufen, glänzen wie immer. Wie war es möglich, dachte ich, daß ein solcher Schurke derart luzide denken konnte? Vielleicht gab es da ja eine Verbindung, dachte ich, Frechheit und permanentes Verlangen, Bereitwilligkeit und Charme des Wissenschaftlers und Rhetorikers, vielleicht mangelte es mir einfach daran, niedrig denken und niederträchtig sein zu können, wenn ich das könnte, könnte ich vielleicht auch groß, ja großartig sein.

– Lassen wir das Seminar, sagte er. Ihr Problem, lieber Kollege, ist, daß Sie zu viel denken. Man muß nicht so gescheit sein. Kaufen Sie sich lieber ein neues Sakko.

Ich sah an meinem Sakko hinunter. Was war mit meinem Sakko? So eines, wie er es hatte, hell und kariert, würde ich sicher nicht tragen. Und schon gar nicht in seinem Alter, mit schütterem Haar und roten Flecken im Gesicht.

– Mit Ihrem Sakko ist alles in Ordnung, sagte er. Nicht in Ordnung ist, daß Sie zu wenig Freude an schönen und aufregenden Dingen haben. Ich kaufe mir in jeder Stadt, das ist auch eine Leidenschaft, damit Sie es wissen, bei jedem Seminar ein neues Sakko.

Und legst eine neue Hörerin flach, dachte ich, wenn du nur

kannst, dachte ich wütend, man müßte dich der Moralkommission melden.

Und er erzählte die Geschichte. Das ließ er sich nicht nehmen. Ich mußte zuhören. Schließlich war er der Institutsvorstand. Ich haßte den Gedanken, ihm ausgeliefert zu sein. Daß das Abteil unter dem Rattern der Räder von seiner warmen Stimme erfüllt wurde, von seiner schleimigen Selbstbeweihräucherung, daß ich mir seine Geschichte würde anhören müssen und nichts dagegen tun konnte. Die Selbstbeweihräucherung bestand gerade darin, daß er die Geschichte mit Selbsterniedrigung begann. Er erzählte, daß er das erste Mal, als ihn die Gefahr erregt hatte, buchstäblich zu zittern begonnen habe. Damals sei er Assistent gewesen wie ich jetzt, und sein Vorstand sei ein langweiliger alter Positivist gewesen – oh, dachte ich, hätte ich doch nur einen solchen Vorstand –, der seine Eloquenz einfach nicht ertragen habe, das sagte er: Eloquenz. Deshalb habe er ihn nach Wien geschickt, damit er dort irgendein verstaubtes und langweiliges Archivstudium durchführe. Am ersten Tag lernte er in dem Heim, wo er wohnte, S. kennen, eine österreichische Studentin, sie hatte helles Haar und war geschmeidig wie ein Reh, er versuchte sie flachzulegen, aber sie war mehr als zehn Jahre jünger, was für ihn normalerweise kein Problem gewesen wäre, aber wenn jemand unter zwanzig ist, dann ist jeder über dreißig ein Methusalem. Sie wollte nicht. Obwohl es ihm mehrmals gelungen war, sie zum Lachen zu bringen, und ein paarmal auch, sie in sein Zimmer zu locken. Nein und wieder nein. Dann sagte er zu ihr in gespielter Verlegenheit, er sei nicht nur Universitätsassistent, sondern auch Dichter. Einer wie die, deren verstaubte Handschriften man hier studiere. Vielleicht würde jemand eines Tages auch seine berühmten Kritzeleien studieren. Jetzt müsse er erst noch beweisen, daß er ein wahrer Dichter sei. Er fing an, ihr Verse in den Briefkasten zu stecken. Seine eigenen? Woher denn, er und sich mit so dummen Sachen beschäftigen? Er schrieb sie ab. Genaugenommen übersetzte er sie ins Deutsche. Irgendwelche slowenischen Dichter, die er in der Bibliothek gefunden hatte, Kosovel, Murn, kein Mensch und schon gar nicht diese S. konnte wissen, daß das nicht seine Verse waren. Er sagte ihr, er würde die Gedichte, seine Gedichte, nach besten Kräften für sie übersetzen.

Ich war empört. Wie konnte er Kosovels Verse als seine eigenen verkaufen?

– Sie gehörten ja nicht mehr Kosovel, sagte er, die Übersetzungen seien zugegebenermaßen erbärmlich gewesen, die Originale hätte man darin schwerlich wiedererkannt. Und das Mädchen sei auch nicht sonderlich hell gewesen, meinte er. Dafür aber um so reizender in ihrem dünnen Kleidchen mitten im Wiener Sommer, in der Stille der Bibliotheken, geschmeidig in den flachen weißen Schuhen unter den braunen Waden.

Die Verse häuften sich, das Ganze kostete ihn viel Zeit, doch Hauptsache, es wirkte. Es wirkte langsam, aber sicher. *Wenn es über den Fluren dunkelt / kommen leise Stimmen zu mir / wie heimlich leise Seufzer,* rezitierte sie ihm eines Abends Murn in recht guter deutscher Übersetzung, sie sagte, es erinnere sie an Goethe, *Über allen Gipfeln ist Ruh ...,* aber es sei anders, persönlicher, fast ängstlich. Schön hast du das geschrieben. Mir kommt vor, daß ich dich jetzt besser kenne, hauchte sie in den Hörer, ich kann es fast fühlen. Kurzum, die Sache gedieh zur Reife. Es war aber auch schon höchste Zeit: Der Sommer ging dem Ende entgegen, das Stipendium lief aus, die Sache mußte endlich über die Bühne gebracht werden.

Mein Chef holte tief Luft. Vor Rührung oder wegen des dritten deutschen Bieres glänzten seine Augen. Eine Zeitlang sah er auf den Bahnsteig des kleinen Bahnhofs hinaus, an dem der Zug gehalten hatte.

– An jenem Abend hätte ich zu ihr gehen sollen, sagte er.

Aber er ging nicht, er war überzeugt, daß sie selbst kommen würde. Am nächsten Nachmittag, er lag nach dem Mittagessen angezogen auf dem Bett, läutete es an der Tür. Na endlich, dachte er, und genau zur richtigen Zeit. Er stand auf und öffnete die Tür. Es war wirklich S., aber hinter ihr stand noch eine blonde Frau, zuerst dachte er, es sei eine Freundin, doch dazu war sie ein wenig zu alt, auch kamen ihm ihre Gesichtszüge irgendwie bekannt vor. Meine Mutter, sagte S., würde dich gern kennenlernen. Sie hat deine Gedichte gelesen. Er spürte, daß seine Hände zitterten. So hatte er sich das nicht vorgestellt. Die Mutter stand da im Halbdunkel des Ganges, ernst und groß, tief gefährlich. Er bot ihr seine schwache, schweißnasse zitternde Hand, und sie schüttelte sie kräftig. Ihre Gedichte, sagte sie, sind wirklich interessant. Das war wie ein Schlag mit dem Hammer. Wenn sie irgend etwas anderes gesagt hätte, hätte er sich etwas einfallen lassen können, aber *interessant,* etwas so Zweideutiges konnte nur ein Kriminalist sagen, der einem Verbrecher auf die Spur gekommen war. Sie würde gern mit ihm sprechen. Er spürte, wie ihm die Röte ins Gesicht stieg, was ihm sonst nie passierte, er spürte, daß jetzt nicht nur seine Hände zitterten, sondern sein ganzer Körper. Sie hatte nicht gesagt, sie würde gern mit ihm über seine Gedichte sprechen, sie hatte gesagt, sie würde gerne mit ihm sprechen, das hieß, sie würde ihm gern sagen, er solle aufhören, ihre unschuldige Tochter mit schlecht übersetzten Plagiaten zu verführen. Er dachte, sie sei vielleicht eine Slawistin, in Wien gab es genug davon, dort gab es den ältesten Lehrstuhl für Slawistik in Europa. Er fürchtete, sie könnte seinem Vorstand berichten, was sein Assistent hier trieb. Er gab vor, in zehn Minuten eine dringende Sitzung auf der Uni zu haben, wegen des Stipendiums, sie könnten sich später treffen. Bevor er die Tür schloß, fing er noch den verwunderten Blick zweier Augenpaare derselben grünen Farbe auf. Mehrmals träumte er von diesen grünen Augen, vier Augen sahen ihn gefährlich an, allein, ohne die Gesichter, die sie trugen, einmal ein Paar unter dem anderen, dann wieder angeordnet in einer geraden Linie, ein drittes Mal aus verschiedenen Ecken des Zimmers. Und immer wieder zeigte sich die große Gestalt der Mutter, der schrecklichen Slawistin, die im dunklen Gang stand. Sie war der Großinquisitor, der sprach: So einer gehört auf den Scheiterhaufen.

Der Zug näherte sich der Stadt T., wohin mein Vorstand und ich unterwegs waren. Auf dem Tischchen tanzte ein Ballett leerer Bierflaschen, mein Vorstand sah müde aus. Fast tat er mir leid. Zum Zwecke leichtsinniger Verführung hatte er ein schweres Verbrechen gegen die Literatur begangen, die einzige Materie, bei der er sich wirklich auskannte, mit der er sein Brot verdiente und die er, das mußte man zugeben, brillant vortrug. Er befand sich in einem tiefen moralischen Zwiespalt, er zitterte vor Angst, im Traum verfolgte ihn die Inquisition. Diesen Zwiespalt hatte er wundervoll beschrieben, ich war schon drauf und dran, ihm alles zu vergeben, auch die Ekelhaftigkeiten aus seinem Kabinett auf der geisteswissenschaftlichen Fakultät. Wenn er jetzt nicht weitererzählt hätte:

– Sehen Sie, Herr Kollege, was einem Menschen widerfährt, der sich unnötigerweise schrecken läßt. Die Mutter war keine Slawistin, und die Gedichte gefielen ihr wirklich, sie konnte sich nur nicht intelligenter ausdrücken, so hatte sie eben gesagt, sie seien interessant. Vielleicht wollte sie auch nicht vor ihrer Tochter sagen, daß ihr Autor, das heißt ich, der Übersetzer, sie bezaubert hatte. Bei aller Strenge war sie eine attraktive Frau. Ein paar Tage später kam sie allein zu mir. Es war gefährlich und erregend, denn ein paar Stockwerke über uns schlief ihre Tochter.

Einzelheiten ließ er aus, da der Zug schon in den Bahnhof einlief.

Beim Seminar an der Universität von T. brillierte er mit seiner Vorlesung über literarische Assoziationen, schon während seiner Ausführungen wurde ein paarmal geklatscht. Die Hörerinnen im Saal hatten glänzende Augen. Er ist zwar nicht schön, sagte eine in der Reihe hinter mir, aber er hat einen schrecklich intellektuellen Charme. Und ein schreckliches Sakko, fügte die andere hinzu, so daß mir ein bißchen leichter wurde, aber nicht lange. Denn um vier Uhr morgens sah ich ihn plaudern, nicht mit einer Hörerin, sondern mit der brünetten Dame vom Empfang. Er hatte ein neues weinrotes Sakko an, das er sich in T. von dem Honorar für seine Vorlesung gekauft hatte. Sie lachte. Ich haßte ihn.

Als wir ein paar Tage später mit dem Zug zurückfuhren, setzten sich zwei Mädchen in kurzem Rock zu uns, sie waren stark geschminkt, vielleicht zwei Kellnerinnen. Sie sprachen über Astrologie und Wahrsagerei.

– Ich will nicht aufdringlich sein, sagte mein Vorstand aufdringlich, aber die Handlinien sind wirklich für das Schicksal eines Menschen bestimmend.

Aber was ich als aufdringlich empfand, empfanden die beiden Mädchen als durchaus amüsant.

– Sie können ja gar nicht wahrsagen, sagte eine von ihnen.

– Was, Sie glauben mir nicht? sagte er.

Und schon hielt er ihre Hand in seiner, weich auf seinem Schoß, und fuhr mit dem Fingernagel die Linien nach, er sprach mit warmer Stimme, und das Mädchen bekam bald einen verschleierten, abwesenden, wie hypnotisierten Blick. Ich verließ das Abteil und ging in den Buffetwagen, wo ich dann bis fast ganz zur Grenze die Zeit mit einem Buch verbrachte, in dem ich keinen Buchstaben erkennen konnte, ich sah nur das Krabbeln dieser Ameisen auf dem Papier, hörte nur das Geratter des Zuges und spürte nur das Schwappen des warmen Bieres im Magen.

Nach dieser Reise lief ich auf der Uni noch eine Zeitlang von all diesen Erlebnissen einigermaßen verwirrt umher. Wenn ich beim Institutsvorstand an die Tür klopfte, pochte mir jedesmal das Herz. Und als sich eines Nachmittags von der anderen Seite der Tür seine warme Stimme meldete und sagte: *Ich kann jetzt nicht, kommen Sie später,* stand mein Entschluß fest. Ich ging aufs Amt für Mißbrauchsverhütung, zu dem wir auch Moralkommission sagten, und zeigte ihn an. Der Beamte in dem finsteren Gang war ein großer Mann mit hellem Haar. Als Licht auf sein Gesicht fiel, sah ich, daß er grüne Augen hatte.

– Es ist richtig, Herr Assistent, daß Sie diese Sache anzeigen, sagte er. Wir haben schon viele Anzeigen, aber diese schlägt dem Faß den Boden aus.

Die Sache war so ernst, daß die Kommission unverzüglich einberufen und der Fall sofort behandelt wurde. Nach mehrstündiger Erörterung wurde, im Einklang mit der Zuständigkeit des Amtes, ein Beschluß gefällt. Mein Vorstand wurde zur öffentlichen Verbrennung auf dem Gehsteig vor der geisteswissenschaftlichen Fakultät verurteilt, das Autodafé sollte noch in derselben Nacht stattfinden, ohne Aufschub. Obwohl Mitternacht war und dort nicht viele Autos fuhren, wurde die Straße für den gesamten Verkehr gesperrt. Es versammelten sich das Personal der Fakultät und einige nächtliche Neugierige. Jetzt holen sie ihn aus dem Kabinett, flüsterten die Zuschauer, die ansonsten das Geschehen in vorbildlicher Stille verfolgten. Er wurde auf den Scheiterhaufen gebunden, und bald erfaßte die Flamme sein rotes Sakko, das er sich in T. gekauft hatte. Unter den Zuschauern, deren Gesichter von den Flammen beschienen wurden, sah ich auch jenes dumme Mädchen aus seinem Kabinett, von dem er mir im Zug erzählt hatte. Sie hatte einen großen Bauch, denn sie war schwanger, wenn auch nicht von ihm. Vielleicht gerade, um einem anderem zu beweisen, wie es um ihre wahren Gefühle bestellt war, ergriff sie ein großes Holzscheit, hielt es über das Feuer, daß es sich entzündete, und legte es dann unter die Füße, genaugenommen zwischen die Füße des brennenden Professors, meines Chefs an der Abteilung für Literatur. Das schüttere Haar fiel ihm in die schweißbedeckte Stirn, und er sah sie verwundert an. Als ob er sagen wollte: Du warst schon immer dumm, du bist es noch immer. Als ob er dachte: Ich würde es dir auf lateinisch sagen, aber du würdest es nicht verstehen, weil du so dumm bist. Deshalb werde ich es dir auf slowenisch sagen. Und er sagte, so daß wir es alle deutlich hören konnten: O heilige, o unschuldige Einfalt. Dieses Zitat aus meinem Traum wurde in seiner lateinischen Version noch in derselben Nacht jemand anderem zugeschrieben, einem, der vor einer ähnlichen Kommission in Konstanz genauso zur öffentlichen Verbrennung verurteilt worden war.

Der Anblick des brennenden Professors auf dem Gehsteig vor der geisteswissenschaftlichen Fakultät erschütterte manchen der Anwesenden tief, aber das war der Zweck dieses Aktes, sonst hätte man ihn auch auf andere Weise seiner gerechten Strafe zuführen können, in irgendeinem versteckten Raum, im Keller der Fakultät oder sonstwo.

[Der erste Satz]

Am ersten Novembersonntag des Jahres neunzehnhundertfünfundneunzig herrschte den ganzen Tag über Schneetreiben, gegen Abend dann sah sich der Wachtmeister in Tutzing vor eine unangenehme, ja heikle Aufgabe gestellt. Die Beschwerden der ansässigen Bevölkerung hatten sich gerade an diesem kalten Nachmittag so sehr gehäuft, daß er mit der notwendigen Amtshandlung nicht länger warten konnte. Zu verwarnen und nach Möglichkeit der Stadt zu verweisen war eine Person, die sich schon den dritten Tag im Bereich der Stationen Benediktinerkloster – Rathaus – Bahnhof aufhielt. Die Person war männlichen Geschlechts, etwa 175 cm groß, hatte dunkles Haar, trug einen etwas zu langen Wintermantel und kräftige Bergschuhe. Die Aufgabe war unangenehm, denn die Person war rasiert und gekämmt, benahm sich zurückhaltend, und die Bergschuhe riefen bei dem Wachtmeister eher Vertrauen als Abneigung hervor. Die Aufgabe war heikel, denn die Person hatte keinerlei gesetzliche Handhabe für eine Verwarnung oder gar Verweisung gegeben. Bayern ist ein Freistaat, und die Menschen können sich bei Tag wie bei Nacht frei bewegen. Tutzing ist ein Fremdenverkehrsort, seine schöne Lage am Starnberger See zeichnet ihn aus, an klaren Tagen vor allem der Blick auf die gemeißelte Silhouette der Zugspitze. Wenn der Fuß des berühmten Gipfels noch in den

Dunstschleier des warmen, vom Sonnenuntergang eingefärbten Föhns gehüllt ist, wirkt er auf den Besucher einzigartig und unvergeßlich. Gut macht sich der Sonnenuntergang auch auf der anderen Seite des Sees, wo dunkelndes Seeschilf zu erkennen ist. Dort ist auf geheimnisvolle Weise, zusammen mit seinem Arzt, der bayerische König Ludwig II. ertrunken, und das zu der Stunde, die den Touristen die liebste ist. Der Wachtmeister hatte es bei alledem wirklich nicht leicht. Sollte er sie, die Person, verwarnen oder nach Möglichkeit verweisen, nur weil sie einen zu langen Mantel trug? Nicht deshalb, hatte die Apothekerin gesagt, die sich als letzte beklagt hatte am späten Sonntagnachmittag, sondern weil er nicht schlief. Am Samstagvormittag habe er bei ihr Aspirin gekauft, der Mann habe gar nicht gesund ausgesehen. Ob der Wachtmeister nicht die Ringe unter seinen Augen und die geschwollenen, richtig gequollenen Lider gesehen habe? Ob er überhaupt ein Zuhause hatte, wo er schlafen konnte? Man wisse ja, was geschwollene, geradezu gequollene Augen bedeuteten. Insomnia, akuter Zustand. Für so etwas gibt es Ärzte, hatte er sagen wollen, war aber vor der im Ort angesehenen und echauffierten Dame höflich zurückhaltend geblieben und unterzog sich lieber der unangenehmen und heiklen Aufgabe.

Durch das Fenster betrachtete er die Placken des frühen Schnees, die sich an die Straße geklebt hatten, er dachte an das Verkehrschaos, von dem das Radio berichtet hatte, und nickte traurig über sein Schicksal: Die Menschen waren mit wichtigen Dingen befaßt, mit Staus auf den Straßen, und er sollte aus Tutzing eine Person verweisen, die nicht schlief. Bisher hatte er immer mit Menschen zu tun gehabt, die schliefen, im Wartesaal oder auf dem Bahnsteig. Mit Stadtstreichern und Betrunkenen, die in München in den falschen Zug gestiegen waren und sich in Tutzing an der Endstation wiedergefunden hatten. Zuerst hatten sie randaliert, dann hatten sie an einem öffentlichen Ort geschlafen, was natürlich nicht erlaubt war. Einmal hatte auf dem Bahnsteig eine Gruppe japanischer Touristen übernachtet, und er hatte ihre Personalien verlangen müssen, wobei er ihnen auch mit Ratschlägen freundlich zu Hilfe gekommen war. Vor etlichen Jahren, im Jahre fünfundvierzig, hatte hier ein Lokomotivführer einen ganzen Zug Fahrgäste angebracht. Das war im Jahre fünfundvierzig, die Fahrgäste waren befreite Internierte aus dem nahen Dachau gewesen. Statt in ihren fernen Ländern hatten sie sich infolge eines Fehlers oder aufgrund einer Nachlässigkeit des Personals in Tutzing wiedergefunden. Die Zuggarnitur hatte ganze drei Tage mitten im Bahnhof in der heißen Sonne gestanden, und vierundfünfzig Befreite beziehungsweise Fahrgäste starben. Noch viele Jahre später hieß es, daß der Lokomotivführer betrunken oder von woanders gewesen sein müsse. Einem nüchternen Menschen oder einem Einheimischen wäre so etwas nicht passiert. Mit den Fremden hatte man es bei dieser Arbeit oft schwer, aber leicht war es auch mit den Einheimischen nicht. Weil eine Person mit geschwollenen, ja gequollenen Lidern unten am See steht, weil sie – wie war das noch? – Insomnie hatte, sei sie zu verwarnen und nach Möglichkeit sogar der Stadt zu verweisen. Also nahm er seine Mütze, schnallte sich die Pistole um und begab sich hinaus in das frühnovemberliche Schneetreiben.

Der Unbekannte, der auf dem Bootssteg stand, sah auf dem Uferweg einen Menschen in Uniform herankommen, kümmerte sich jedoch im ersten Moment nicht um ihn. Die holzgerippte Verlängerung des Landes, an der im Sommer die Ausflugsschiffe festmachten und wo für gewöhnlich fröhliches Treiben herrschte, wirkte in ihrer Leere jetzt sinnlos, unter ihr plätscherte das Wasser des Sees, das Schneetreiben hörte plötzlich auf, das Gegenufer wurde von einem Streifen Abendsonne beschienen. Der Unbekannte nahm seine Mütze vom Kopf und klopfte den feuchten Schnee ab, er sah, daß der Mensch in Uniform den Bootssteg betrat. Er hörte seine entschlossenen Schritte, unter denen die Bohlen erbebten. Unschlüssig trat er von einem Fuß auf den anderen, als wollte er weggehen, aber er konnte nirgends hin, überall war Wasser, auch das Holz auf dem Steg war völlig durchweicht, so daß der Wachtmeister auf einmal mit den Gummisohlen leicht wegrutschte, er ruderte mit den Armen und fing sich. Seinen entschlossenen Gang setzte er jetzt notgedrungen vorsichtiger fort. Auch war er plötzlich nicht mehr so fest entschlossen, die Personalien zu verlangen, er wußte, daß die gesetzliche Grundlage dafür etwas dünn war, er konnte nicht einfach die Personalien verlangen, nur weil einer auf dem Bootssteg stand. Als er näher kam, grüßte der Unbekannte, der Wachtmeister grüßte zurück und sah zum Gegenufer hinüber, das von einer Strähne der untergehenden Sonne beschienen wurde. Was für ein Wetter, sagte er. Ja, sagte der Unbekannte, früher Schnee. Der Wachtmeister sah auf das Wasser hinunter, das unter ihren Füßen plätscherte. Auch der Unbekannte sah auf das Wasser. Suchen Sie etwas? fragte er plötzlich. Obwohl er höflich sein wollte wie ein Staatsbürger, der einer Amtsperson bereitwillig seine Hilfe anbot, war das keine besonders kluge Frage. Es klang, als würde der Wachtmeister den Leichnam eines Ertrunkenen suchen. Und wenn er den Leichnam eines Ertrunkenen suchte, würde er das ganz sicher nicht einem Unbekannten erzählen, der schon den dritten Tag im Ort umherwanderte und mit seinen dunklen Augenringen die Apothekerin beunruhigte. Die zweite Möglichkeit, daß er als Müßiggänger herumlief und ins Wasser starrte, kam als Erklärung noch weniger in Betracht. Wenn einer einen etwas zu fragen hatte, dann hätte das höchstens er sein können, der Wachtmeister. Er wußte, daß es keine sichere gesetzliche Grundlage gab, aber über diese vertrauliche Anbiederung – suchen Sie etwas? –, darüber konnte er nicht hinweggehen. Er bat ihn, sich auszuweisen. Der Unbekannte war etwas verwirrt, vielleicht sogar erschrocken. Längere Zeit suchte er unter den wachsamen Augen des Wachtmeisters, die seine Hände verfolgten, in den Taschen herum, bevor er aus der Innentasche eine Brieftasche hervorzog und ihr den zerdrückten Reisepaß eines fremden Staates entnahm.

Der Wachtmeister von Tutzing telefonierte an diesem Abend noch mehrmals mit den Polizeiwachen der umliegenden Orte, wo die Angaben über vorübergehend gemeldete Personen zusammenliefen, bis er alle notwendigen Informationen beisammen hatte. Dann notierte er im Journalbuch: *Laut mehrfachen Angaben der hierortigen Bevölkerung hat sich in Tutzing zu Tages- und Nachtstunden eine unbekannte Person an den Örtlichkeiten Benediktinerkloster – Rathaus – Bahnhof aufgehalten. Die Person war männlichen Geschlechts, etwa 175 cm groß, ohne Gepäck. Die Identität der Person wurde von uns überprüft, dabei wurde festgestellt, daß es sich um Dragomir Jančar handelt, Staatsangehörigkeit: Slowenien, ständiger Wohnsitz: Ljubljana, Stihova 2, Aufenthaltsort in Bayern: Villa Waldberta, Feldafing, wo er sich als Stipendiat des Kulturreferates der Stadt München aufhält. Den interessierten Ortsbewohnern wurde mitgeteilt, daß der Verdacht eines gesetzeswidrigen Aufenthaltes in der Stadt nicht gegeben ist.*

Nach allem rief er die Apothekerin an und teilte ihr mit, daß der Unbekannte, über den sie Meldung gemacht habe, ein Stipendiat aus der Villa Waldberta sei, vermutlich ein Schriftsteller oder Übersetzer. Wen die uns alles herschicken, sagte die Stimme im Hörer ungehalten, heute laufen sogar die Schriftsteller und Übersetzer herum wie irgendwelche Kriminellen. Was will man machen, sagte der Wachtmeister, legte den Hörer auf und widmete sich dem Fernsehbericht über das Chaos auf den Straßen, das infolge des Neuschnees entstanden war.

Auch der Stipendiat des Kulturreferats machte sich am Abend

im Nachbarort Notizen: *Gesicht des Wachtmeisters vom Bootssteg in Tutzing, Gesicht eines Ertrunkenen im See. Gekleidet in grünen Loden, wie der unglückliche Ludwig. Weit geöffnete Augen. Auf der Wasseroberfläche schmelzen die Flocken des ersten Novemberschnees.* Dann trat er auf den Balkon und sah lange hinaus auf die dunkle Oberfläche des Starnberger Sees unterhalb der Villa Waldberta. Wieder werde ich nicht schlafen können, dachte er.

Er kehrte ins Zimmer zurück, schaltete den Computer ein und schrieb über den hellen Schirm rasch den ersten Satz: Am ersten Novembersonntag des Jahres neunzehnhundertfünfundneunzig herrschte den ganzen Tag über Schneetreiben, gegen Abend dann sah sich der Wachtmeister in Tutzing vor eine unangenehme, ja heikle Aufgabe gestellt.